解答者は走ってください

佐佐木陸
Sasaki Riku

河出書房新社

解答者は走ってください

「これは私の息子である、きみの物語だ。きみの過去を書いた物語であり、真実をありのまま書いたものだ。嘘はひとつも書かれていない。どれだけ荒唐無稽に思えても、私ときみが信じることで、すべては現実になる。前世紀、信仰と思想があらゆる破壊を実現したように。だからきみはこの物語そのものになる。今はその存在さえ知らないだろうが、きみには自由意志がある。すべてを知る力がある。難問に答える力がある。時間のページをめくる力がある。想像したすべてを実現させ、その世界へと立ち上げる力がある。きみはその部屋を出て、どこへだって行くことができる。自分を信じるんだ。きみは強い。どんなに深い絶望の中でも決して折れない、強靭無垢《きょうじんむく》な魂を持つ。透明な壁を破壊する、不壊の肉体を持つ。そうなるよう、私が育てたんだ。私こそがきみの本当の父親だ。きみを傷つけ、汚し、狭い世界に閉じ込める人間は、私が決して許さない。だから私がきみを解放する。きみは私が心を痛めて生んだ人間であり、世界の誰よりも美しい、自慢の息子だ」

　ぼくは昨日二十七才になった。記憶力がぜんぜんないから、これまでの誕生日もほとんどおぼえてない。数日前のこともすぐ忘れて、ときどきパパ上に怒られる。ぼくの家族はパパ上だけだ。パパ上は背が高くて、スーツ姿がかっこよくて、優しい。すごく忙しくて夜にしか会えない。いつもたくさんの本を読ませてくれる。ぼくは読書やクイズ番組が好きだ。でもパパ上がいないと字が読めないし、一人だとテレビの電源も入れられない。生まれてからこの部屋を出たこともない、と思う。でもぼくは知っている。この世界の、この部屋のどこかに、ぼくの過去が書かれた本があるはずなんだ。すごく小さいころ、パパ上が扉の向こう側で話していたのをおぼえてる。「怜《れ》王《お》鳴門《なるど》のことを書くのはやめろ」パパ上はそうだれかに怒鳴《どな》ってた。すごく大きな声で。あんなおそろしいパパ上の声をきいたのは、あれが最初で最後だった。ぼくはその夜、すごく怖かった。隣で寝ていたパパ上にも、そのことはきけなかった。でも同時に、すごくワクワクして眠れなかった。ぼくにはぼくの知らないぼくの歴史があるんだ。それを知れば、性格とかも変わっちゃうのかもしれない。ぼくは今のままでもよかったけど、なにか大事なことを忘れているのは損だと思った。その感覚はなんというか、すかすかの脳みそに魚の骨が突き刺さってるみたいな感じだ。ぼくは馬鹿だから、そのことはすぐに忘れてしまった。だけど今夜、ぼくは突き刺さったままの骨を思い出した。パパ上とぼくは深夜の電話で起きた。パパ上は部屋を出て、十分くらいだれかと喋ってから戻ってくると、仕事で使っているノートパソコンをベッドで開いて一通のメールを確認した。そこに添付されたファイルを開いたところで、また電話がかかってきた。パパ上は出ていった。それから三時間が経っても、この部屋へは帰ってきていない。その間、ぼくはパソコンで開かれたままの添付ファイルを見た。そこにあったのは、たった一三七キロバイトの文書ファイルで、物語だった。ぼくはそれをなぜか、読めた。だから読みはじめた。序文で思い出して、確信した。これはあの夜、パパ上が止めていたものだ。これは、ぼくを書いた文章なんだ。たぶん、絶対、間違いない。でも、ぼくはおそろしくなった。ぼくはパパ上の子供じゃないのか？　じゃあぼくは、誰の子供なんだ？　ぼくを書いているこのひとは、いったい誰なんだ？　パパ上でないことは確かだ。ぼくはまた怖くなった。でも、もう読むことを止められなかった。ぼくには知りすぎる予感があった。なにかを知ることは悪いことじゃない。でも知りすぎるのはとても怖いことだとおもう。自由ってことは、自分しか自分を止められないことでもある。ぼくはそれが、とても怖かった。

「二月〇五日。目覚めると雪が降っていた。病院の五階の窓から見える広大な駐車場に駐《と》まったキャンピングカーは、長く忘れられた冷凍食品のように白い体毛を生やしていた。入院してから一週間あまり、あの車はずっとそこにあった。近づく人間も見たことがない。もしかすると自分以外には見えていないのかもしれない。しかしそれを誰かに尋ねてまで確かめたくはなかった。そういうあいまいな存在を自分のなかにひとつ持っておきたかった。ひとつだけでいい。思考の脱脂綿のようなものだ。多すぎるとだめだ。スカスカの馬鹿になって死ぬ。怜王鳴門は、丑三つ時に生まれた。ヒスイ輝石を思わせるアクアグリーンの髪を持ち、三九六〇グラムだった。この子、ヤンキースの某レジェンドの出生時体重と同じですよ、スゲエ、と筋肉が過剰肥大した看護師は興奮しながら言った。絶対に野球をやらせたほうがいいです。あ、小学三年生から六年生までは柔道もやっとくといいかも。右打ちだったら左打ちに転向させてくださいね。記者には焼肉を奢るように教えとくといいですよ。彼は指導の間、ずっと松井秀喜の話をしていた。一方、はじめての授乳は険《けん》難《なん》に直面していた。それもそのはずだ。私は男だった。怜王鳴門は乳首をくわえると、吸啜《きゅうてつ》反射によって一定のリズムで吸引をはじめる。しかし胎児発達時の副産物でしかない私の乳首は何も出してくれない。悔しさと惨めさと申し訳なさで篠原涼子的歌唱を披露したくなる。欠陥のある問題に立ち向かったとて、正答は世界のどこにも存在しないのだ。それでもこの新生児は諦めなかった。リズムを変えたのだ。彼にできる唯一の対抗策だった。単純な二拍子系からワルツを思わせる三拍子系へ。やがて変拍子までも駆使しはじめた。緩やかな五拍子にはじまり、試行錯誤を続け、最終的に彼は四分の十九拍子へたどり着いた。奇しくもビッグバンドジャズの奇才ドン・エリスが生み出した名曲『３３　２２２　１　２２２』と同じ拍子だった。

このリズムによって乳管細胞はオンになった。父乳が出るようになったのだ。奇跡としか言いようがない。私は感動と痛さのあまり落涙した。その吸引は力強かった。この腐敗した世界で生きようとすることになんの躊躇もない。すこしは迷ってもいい。天道と人間道のアポ取り間違えました、くらいの軽薄さでやり直しても一向にかまわない。選択は不可逆だ。しかし彼は人生に食らいつく道を選んだ。終身名誉敗北者の私とは大違いだ。親に似ぬ子は鬼子というが、人間はそんな単純じゃない。すべてはグラデーションであり、怜王鳴門は限りなく天使に近い鬼だ。一週間後、父子ともに健康で退院した。ロータリーのタクシーに乗り込み、なにげなく駐車場を見渡す。すでに雪はほとんどが解けていたが、あの車はなかった。しかし病院の敷地を出てすぐの田園地帯を通る県道には、おびただしい数のキャンピングカー、4181台が路上に放棄されていた。どれもガラスが割れ、パンクして動きそうにない。少し驚いたが、そうなっていても別に不思議じゃない。私はすぐに忘れた。タクシーの運転手がなにか質問をしてきたが、内容が下劣なうえ、頭皮のにおいが不快だったため、その顔も覚えていない。病院がどこだったかも忘れた。忘却は偉大だ。私たちは忘れることで生きていける。もし生を受けてからすべての記憶がIMAX方式で保存されていたら、その鮮明さに耐えられず三秒で発狂する自信がある。怜王鳴門にも忘却の大切さをしっかりと教えていきたい。その代わり、今日から忘れたくないことはこうやって記していこうと思う。

五月二六日。ワンオペ育児に右往左往しながらも、沐浴やおむつ交換、授乳などはなんとか滞りなくこなせるようになった。が、多くの母親たちと同様、自身のケアはまったく行えなくなった。それどころか一人で新生児と向き合い続けているうちに、いままで身に付けてきた社会通念がどんどん希薄になり「私も漏らして問題ないのでは?」と考えるようになった。問題ないのでは? じゃない。お前のオツムが大問題だ。平時ならそう言えるが、当時の私は考えるだけではなく実践してしまった。成人用おむつを装着して育児をこなし、食事も父乳にプロテインを溶かして飲んだ。しかし成人男性の便臭は赤子のそれとはステージが違った。加えて処分の手間などを考慮するとかえって非効率的だとわかり一週間ほどでやめた。怜王鳴門はよく泣く子だったが、クイズ番組を流していると不思議と静かになった。録画を始終流しておけば、黄昏泣きも夜泣きもない。そのかわり排便量がすさまじく、昼夜問わず行われたため、彼の布団の上にはブルーシートを敷くはめになった。ある夜、怜王鳴門を寝かしつけていると、私はシートが微振動を起こしていることに気づく。これは――。モールス信号か？　符号表でメッセージを解読する。「カ・ゾ・ク・ニ・カ・ン・パ・イ」どうやら遠くへ行きたいという意味のようだ。仕方ない。私はシートを無限労働から解放すべく、便ごとタワーマンションのベランダから投げた。すると彼らは青く発光する巨大な鳥となって飛び立ち、太平洋へ落下すると小さな島となった。わけがわからない。しかし新生児育児中に怪奇現象をいちいち考察する余裕はなかった。産後の肥立ちも悪くノイローゼに陥りかけていた私は、ネット通販でゴヤの『我が子を食らうサトゥルヌス』の複製画を購入。リビングに飾り、ストレスの緩和をはかった。私はシミュレーションゲームをする際も、バッドエンドルートを最初にクリアする。あらかじめ最悪の選択を知っておきたいタイプだ。そうしておけばその後に起きる辛酸もキニーネ程度のスパイスになる。サトルにも同様の効果を期待した。なにせ彼は五人もの子供を食ったのだ。育児ノイローゼどころの話ではない。表情にしても見るからに頭がスカスカだ。実際、私の精神状態はみるみる改善し、聖母のごとき落ち着きを取り戻した。怜王鳴門の成長は著しかった。もともと芯棒が入っていたかのように背筋が伸び、首のすわりも早かった。お宮参りもお食い初めも堂々たる被写体ぶりを見せた。「全盛期の本田圭佑みたいですね」中年の男性カメラマンはいった。インタビューをスルーしそうなところも確かに似ている。本田圭佑が試合前のロッカールームで試合展開を延々とシミュレートしていたように、彼は人生を鳥瞰しているようにも見える。人前に出ると真一文字に口を結び、泣き顔はおろか笑顔も見せなかった。

八月三一日。ハーフバースデイを過ぎると猛暑日が続き、その日は大型台風が直撃した。私たちの住むマンションは激しい揺れに見舞われ、私はパンケーキを吐いた。怜王鳴門はその上に赤い液体を吐き出した。喀血かと思い青ざめたが、それは赤ワインだった。この家にアルコール飲料は置いていないはずだ。しかし赤ん坊というくらいだし、葡萄酒やカンパリなどの一杯や二杯吐くものなんだろう。なんとか家を脱出し、検診のため病院へとたどり着く。がらんどうの待合室でも激しい風雨の音が絶えず響いていたが、彼はまったく動じることなく静かな寝息を立てていた。私は彼の体温を腕の中で感じていると、不思議な感覚に陥った。半年前まで彼は無だった。しかし今では実体を持ち呼吸して、自ら熱エネルギーを発し、いまこの瞬間も細胞分裂を繰り返し、体の領地を世界に拡張させている。いずれその成長は止まるだろう。しかしこのまま止まらなかったらどうなるだろう。カレヴィポエグやデイダラボッチのような神話世界の巨人となって、縦横無尽に世界を駆け回るのかもしれない。巨大な我が子に抱かれるのはどんな気分だろうか。甘美な妄想にふける。怜王鳴門は順調どころか一歳児に迫る発育を見せていた。しかしその表情はどうにも乏しく、いまだに笑顔を見ていない。そのことを報告すると男性医師は、それなら少し調べてみましょうか、と言った。すると怜王鳴門は突然、えへへへ、と笑い出した。それればかりでなく、きゃあ〜い、と身を乗り出して医師の胸に挿された三色ボールペンに手を伸ばし、問診票に落書きをはじめた。私は動揺しながらも怜王鳴門を引き戻そうとする。しかし医師が予想外の言葉を発する。「ちょっと待ってください。そのまま」と怜王鳴門に落書きを続けるよう促したのだ。五分ほどが過ぎると飽きたのか、怜王鳴門は私の腕の中へ戻りふて寝する。医師は落書きをまじまじと見つめながら口に手を当て、私に尋ねる。「ご自宅で、なにか絵などを飾られたりしてますか？」一瞬ぎくりとする。サトルの複製画を飾っているとは言えまい。「いえ、絵は、残酷な絵は飾ってません」「展覧会だとか、美術関係の番組とか、そういうのは？」「クイズ番組しか見せてません」「失礼ですが、お仕事で絵画を扱うなどは？」「いえ、私は無職ですけど、それが何か悪いんですか？　もしかして無職を馬鹿にしてます？」医師は私の質問を無視して、うーん、いや、ありえない、とぶつぶつ唸っている。無職がありえないだと？　何様なんだこの男は。「なんなんですか？」しびれを切らして問い質すと、パソコンでなにかを検索し、一つの絵画を液晶に映して見せてくれた。「これは、マレーヴィチという画家の絵なんですが」クイズか。私は即座に反応する。「ああ『黒の十字』ですね。シュプレマティスムの代表作だ。人生における岐路、決断、二択を表している。で、これが無職は悪であるという論拠になるんですか？」すでに私のプライドはズタズタだが、そっちがその気なら戦うしかない。もう後戻りはできないぞ。「それでですね」

「無職が悪であるというのは極めてキリスト教的で狭窄な価値観ですよ。『働かざる者食うべからず』という慣用句はテサロニケの信徒への手紙の一節が基ですが、これってそもそも無職と失業という状態を混同してますよね。私の標榜する無職というのは状態ではないんです。道なんです。武士道や騎士道、華道や茶道を極めた人が、ハイ辞めま～す、といってその道から抜けられますか？　抜けられません。なぜならそれは魂の在り方、生き様なんですから。無職も同じです。道であり、生き様なんです。だから」医師は私を遮って続ける。「これが怜王鳴門くんの絵です」問診票を液晶の横へ並べる。私はトンチンカンな弁舌を恥じ精神自害を試み、それから驚愕する。二つは縮尺の違いはあるにせよ、ほぼ寸分たがわず、同じ絵だった。なんだこれは。いったいどういう才能なんだ。「こちらでほかの検査を受けて頂いてもいいですか？」私はもちろん快諾し「ないでいい」？　なんだ。今の声は。それは確かに私の耳元で聞こえた。寝たふりをしているが間違いない。怜王鳴門だ。とりあえず、テストは次回に延期してもらうことにして私たちは帰宅した。不審に思った私は、その男性医師についてネットでテッテ的に調べる。すると彼のＳＮＳ

の裏アカウントへたどり着いた。そこには乳児たちの裸、おそらく検査中に撮ったであろう写真が大量にアップロードされていた。なんて下劣なペド野郎だ。即通報、即逮捕の二日後。メディアのインタビューを受けた私が偉大な息子を紹介すると、彼は「はっきり言っておく。当然のことをしたまでだ」と堂々と言い放った。私は確信した。怜王鳴門。この子は傑物になる。世界を股にかける芸術家か、はたまた欲望で爛れたこの世界を変える救世主かもしれない。なんにせよその前途は、この台風一過の星空と同様にまばゆい。私は彼に添い寝してその美しい顔を撫でながら、すべてを注ぎ込むことを決めた。人生そのものを捧げるのだ。そう決めるとじわりと胸からあたたかい煮汁がにじみ、全身を包んだ。なんて幸福だ。こんな気持ちになるのはいつ以来だろう。ふと見上げるとサトゥルヌスの顔もニコニコ笑っている。彼の手が摑んでいる子供もファミチキに代わっていた。素晴らしい夜だ。彼もここにいればよかったのに。

三年後の九月五日。私は間違えていたのかもしれない。怜王鳴門は救世主などではない。肥溜めから生まれたクソ太郎だ。三歳七か月となった怜王鳴門にはイヤイヤ期が到来していた。言語習得や体の成長は平均値を大きく上回ってきた怜王鳴門にも、平等にそれは訪れた。しかしそのイヤイヤの範囲は度を越していた。親、ひいては社会そのものの拒絶という方が正しく、この世界で自分が生きることすら許せないようだった。とにかく壊せるものはすべて壊す。彼からは強い革命の意志を感じた。蛇のぬいぐるみ。食器。スマートフォン。鏡。掃除機。紙幣。選挙ポスター。私の半月板と精神。もはやカーリーに匹敵する破壊の神だ。家にいると収拾がつかなくなるため、怜王鳴門が起きている間はなるべく外へ連れ出すようにしていた。しかし公園へ近づくにつれ、彼のテンションは一段階上昇。南京錠で固定したワイヤーハーネスをひきちぎりながら駆け出し、暴れはじめるのが常だった。泣き叫ぶ公園の幼児と親たち。また来たわ！　なんなのよその子ォ！　暴風鬼《ストームデーモン》よ！　怪物《モンストロオ》！　昼下がりの悪魔《ディアボロ・ネル・ポメリージョ》だわ！　残夏の公園に棲む魔物《サマー・エコー・イリテーション》かも！　とルビ愛好会のママたちがノリノリで叫ぶ。手の付けられない緑髪の破壊神と化した彼を救ってくれたのは、公園デビュー以来の友人であるサッちゃんだった。彼女は怜王鳴門より一歳年上で、すぐれた幼児統率力と公園規律の順守精神、そのあふれる知性から鉄の少女と呼ばれていた。身長は低かったが、運動能力は年長男児にも引けを取らず、ベリーショートの髪と日焼けした黒い肌、涼し気な目元が印象的だった。彼女は怜王鳴門も例外とはしなかった。混乱の中、平静さを保ちながら怜王鳴門の暴虐を観察し、鼻水を垂らしてぐずる私へ話しかけた。「ねえ」「なに」「レ、ちょっとケガするかもしれないけど、やっちゃっていい？」なんだその呼び方は。ちょっとかっこいい。「ケガ？　それはちょっと……」「いまあいつを止めないと、もっと多くの犠牲者が出るよ」はっとする。その目は死地をくぐり抜けてきた傭兵のそれだった。この四歳児は本気なんだ。私は力と覚悟なき自分を恥じた。これで子供を育てようとは笑わせる。「わかった。やってくれ」鉄の少女は静かに頷き、顎を突き出しながら悠然と砂場の彼のもとへ歩き出す。固く握られた拳。しかし、彼はすでに七歳児なみの体格だ。どうする気だ？　「ヘイ、レ！　こっち向けよ」砂場に立つ彼女の声に振り向く怜王鳴門。白目を剝いて歯を食いしばり、涎を垂らしている。もはや魔獣《ザ・ビースト》だ。「第一問。一九二〇年代より流行したシュルレアリスム運動に接触した日本人画家を三人以上答えよ」サッちゃんは突然クイズをはじめた。意味がわからない。しかし怜王鳴門は足を止めた。その顔からは怒りの色が消えている。混乱？　いや、彼は考えている。そうか。どんな状況であれ、人は問いを出されればそれに答えようとしてしまう。ましてやクイズ番組に耽溺していた怜王鳴門だ。効果はてきめんだった。「ブー。時間切れ。正解は北脇昇、古賀春江、三岸好太郎、岡本太郎などでした」容赦なくサッちゃんは切り捨て、間髪容れず出題する。「第二問。サメの食性には二種類――」「はい！　肉食性とプランクトン食性！」プライドを傷つけられた怜王鳴門が即答する。ついさっきまで言語コミュニケーションを放棄して破壊活動に勤しんできた三歳児のくせに、そのボキャブラリーはどこから出してきた。サッちゃんは不敵に微笑み、出題を続ける。「――肉食性とプランクトン食性がありますが、そのうちプランクトン食性のサメを二種類以上答えよ。正解はジンベエザメ、ウバザメなど」怜王鳴門は膝を折る。チキショーと叫び、地面へ拳を叩きつけ悔しがる。早とちりで失敗するところは私とよく似てしまった。「ラスト。第三問。これに正解できればレの勝ちでいいよ」怜王鳴門はそれを聞いて生気を取り戻し、立ち上がる。にやりと笑うサッちゃん。「物理学における真空状態では、何の物質も存在しない。○か×か」サッちゃんは足で砂場に大きな○×を描くと、顎を上げ、カウントダウンをはじめる。悩む怜王鳴門。時間に迫られ走り出すと、猛烈な勢いでジャンプする。見るからにヤケクソだ。着地したのは○だった。それを見てサッちゃんは、年相応の天真爛漫な笑顔を見せる。「不正解。わたしの勝ち！」悲憤により魔獣へと戻った怜王鳴門は彼女へ襲いかかる。私は思わず目をそらす。次の瞬間、ずしん、と大地の振動を感じる。目を開けると、怜王鳴門は彼女の足元に仰向けで倒れていた。なにが起きたんだ。このわずかな一瞬で。

「見事だ」腕を組み隣に立っていたサッちゃんパパが言う。私が無視すると訊いてもいないのに解説をはじめる。さすが外務省に勤めるエリート国家公務員様だ。

「初手。パワーを武器にもろ手を上げて襲い掛かる怜王鳴門に対し、彼女はあらかじめ手に握っていた砂を投げた。視覚を失い混乱する相手に対し、フィジカルで劣る彼女は迷うことなく正中線を突いていった。正確無比な手刀。七発だ。そして最後に足を払い、彼の体を砂場に叩きつけ、完全に無力化した。この間二秒。これが公園の絶対王者、鉄の少女《アイアン・ガール》だ。我が娘ながら末恐ろしくなるほどの戦闘感覚《バトルセンス》だよ」

くい、と眼鏡を上げるサッちゃんパパ。私は無視して怜王鳴門のもとへ駆け寄る。よかった。意識はあるようだ。怜王鳴門は目を見開き放心していた。「大丈夫か」私の心配もよそに怜王鳴門は瞳をキラキラさせながら言った。「スゲエ。アンタスゲエよ。外の世界って広いんだな。オラ、長男だからワクワクしてきちまった！」だめだ。よほどひどく頭を打ったのか、完全に少年漫画の世界線に行ってしまった。サッちゃんもまんざらでもない様子で、唇に親指をかすらせて言う。「こんなのはまだまだ序の口だよ。ついてこい。お前に見せてやるよ。本物の世界ってやつを」ニッと乳歯の笑顔を見せ、鉄の少女が魔獣へと手をのばす。怜王鳴門はその手をしっかりと握り返す。晩夏の太陽の光がまぶしい。二人は公園の外へ飛び出した。あらたなる好敵手《てき》を求めて。

四年後の一二月七日。お揃いのジャージで肩を並べて、二人は体育館にいた。七歳、小学二年生となった怜王鳴門は、サッちゃんの後を追うように半年前から小学校のクイズ研究部へと入部。サッちゃんはクイズ部を創設しただけではなく、すでにジュニアの全国大会にも出場していた。部活動は本来なら三年生から加入可能だったが、サッちゃんの推薦を得た怜王鳴門は特別に入部が認められた。その反射神経には天稟《てんぴん》があり、異様な知識の吸収力はスポンジどころではなく高吸水性ポリマーに喩えられた。読書の習慣がつき、自然と心身にも落ち着きを得て、私の育児負担は大いに軽減された。サッちゃんのおかげだ。二人に大公園時代の話をすると「懐かしいね」「うん、まだぼくらが若かったころだ」と静かに遠い目をしていた。きっと私も知らない壮大な武勇伝があるんだろう。彼らは過去を過度に盛ったり、優れた知能を人心掌握に悪用したりはしなかった。場末の居酒屋で昔の悪行をひけらかす元暴走族や、イデオロギーに無頓着な若者のマウントを取って悦に入るノンセクト左翼たちとは魂の格が違うのだ。怜王鳴門の記憶力はそのうちサッちゃんをも圧倒しはじめた。ある朝のことだ。怜王鳴門は特撮ドラマを視聴中に驚愕の発言をした。「パパって、むかしおむつ穿いてて臭かったよね」彼には幼児期健忘すらなかったというのか。「そんなわけないだろ。それにくさいだって？　パパの香りはシャネルの五番だよ」動揺した私は七歳児に香水のジョークを持ち出す凡ミスを犯した。テレビでは悪役怪人がタコ殴りに遭っている。怜王鳴門は愚父を諭すように優しく言った。「だれにも言わないよ。パパ、今でもときどき漏らしてるもんね」怪人がヒーローの華麗な必殺技で爆散される。同時に私の自尊心も木っ端微塵となり、部屋のあちこちに飛び散った。怜王鳴門はそれを拾い集め、私の手にそっと戻すと頬の涙を拭い、抱きしめてくれた。「大丈夫だよ。マッコウクジラの糞だって、香水に使われてたんだから」この子は海よりも深い無垢な慈愛を持っている。しかし忘却ができない。それが意味することは——。彼の未来を想像するのと同時に、なにか、過去の鋭利な破片のような恐ろしいものが垣間見えた。しかしあまりのおぞましさに、私はすぐに忘れてしまった。

三年後の三月八日。十一歳となった怜王鳴門は、都心で行われたクイズの個人大会で大人たちを破り、難なく初優勝した。賞金は二〇万円だった。本来ならその大会でもよきライバルであっただろうサッちゃんは、先月に父親の仕事で海外へと引っ越してしまった。寂しくなったのか、最近の怜王鳴門は犬をよく欲しがっていた。帰り道。過熱するクイズ業界におけるインクリメンタリズム傾向について議論を交わしたあと、ペットショップへ寄って犬の購入を検討しようと話していたところで、彼は消えた。つい数秒前まで横にいたのに。どうしてこんなことになったんだ。まるで死角に吸い込まれてしまったようだ。あれだけ美麗な子供なら誰かがさらってもおかしくはない。一年ぶり百七回目のパニックとなった私は交番へ駆け込み、渋る警官を恫喝し高速で行方不明者届を提出。その場で手書きのビラを作成、怜王鳴門の写真を貼り付けてコンビニで大量に印刷すると、街頭を行き交う人々へ配布をはじめた。「この子なら、あっちにいたけど」通行人に感謝しつつ私は疾駆する。ぶちぶちと普段使わない筋肉が酷使されるのを感じる。のちに三か所の肉離れが判明するが、私は痛みを感じなかった。いた。怜王鳴門だ。はぐれた場所からすぐの大通り。シャッターの下りた店舗の前に腰かけている。私は駆け寄り、しゃがみ込んで彼を抱きしめる。「パパ、なにしてんの?」よかった。はたと我に返り、私は気づく。「この犬はどうした?」怜王鳴門は膝の上にボロ雑巾のような子犬を抱えていた。「あの人からもらった」怜王鳴門は車道脇の街路樹を指さす。その前にはひとりで街頭演説をする男がいた。立て看板をいくつか並べている。拡声器を使っているが、怜王鳴門に言われるまで、私はその存在を認知できなかった。それもそのはずだ。男の声に抑揚はなく、滑舌も悪いうえに話の構造もガタガタで何を言っているのかわからない。肩まで伸びた白髪交じりの髪と無精髭も不潔で陰気臭い。それでいてやけに真新しいファストファッションで身を固めていて、その不均衡さに不快感を覚える。怜王鳴門は男のビラも持っていた。気味の悪いことにそのレイアウトは、私がさっき作ったビラにそっくりだった。違うのは写真が犬であること、その主旨が動物愛護を訴えていることだった。演説をしていた男は、私の存在に気づくとうすら笑いを浮かべやって来た。「この子はねえ、飼い主が死んじゃったんですよ」怜王鳴門の犬を撫でながら男がにやにやと喋る。「はあ、そうですか」「どうして死んじゃったんだと思います？」クイズを出すんじゃない。男の声も笑みも、その動作のすべてが私に生理的不快を与える。怜王鳴門が犬を預かっていなければ、すぐにでもこの場から立ち去りたいくらいだ。「知らない、いや知りたくもないですね」「意外だな。あなたなら、ご存じだと思ったんですけどねえ」「は？」「私も父親ですからねえ。まあ、子供は奪われちゃいましたけど」「なに言ってるんですか」「実はね、その子の飼い主は●●がいるにもかかわらず●●と●●して●●●

して、●●しちゃったんです。でも●●には、●●を●●されてしまい、●●は●●を●●して死んじゃった、というわけなんです」私は男の言っていることが理解できない。虫に食われたかのように重要な語句が聞き取れなかった。男の滑舌が悪いせいか。私にＡＰＤの傾向があるからか。いや、どれも違う。あまりの嫌悪感で、私は現在を忘却している。今聞いた言葉をその瞬間忘れ、この世界から放逐している。「それで、飼われていた犬はみんな空き家に取り残されてね。この子は六匹いた子犬の唯一の生き残りなんです。なんと、ほかの五匹の子犬はみんな空腹の母犬に食べられちゃったんですよ！　サトゥルヌスみたいにガブッとね！」男はとっておきのジョークを聞かせてやった、というようなしたり顔を浮かべて笑う。息が胆汁臭い。吐きそうだ。「この子はどうやって生き残ったの」怜王鳴門は私に反して全く動じずに言う。「いい質問だ！　この子はね――」ぴ・ぴ・ぴ、と鳴り響く笛の音。顔を上げると男の背後に警官が二人立っていた。道路にはパトカーが停まっている。あなた、あそこの責任者？　許可とってる？　早口の警官に狼狽する男。私はその隙に怜王鳴門の手を引いて立ち上がる。チャンスだ。ここから離れよう。

「おじさん！　この犬は！」怜王鳴門は私に引っ張られながら叫ぶ。遠ざかる男は、警官に囲まれながらサムズアップする。「おい怜王鳴門、その犬どうする気だ」モノレールに乗り込み、座席に腰かけてたずねる。怜王鳴門はジャージの中に犬を入れている。臭そうだ。洗濯しても臭いが落ちなかったらどうしよう。「預かっておいてくれって」なんであの男と無言語コミュニケーションが取れるんだ。なんか嫌だ。「預かるって。あいつの犬なんて保健所にでも叩きこんでおけばいい。ペットショップでいくらでも新品を買ってやる」怜王鳴門は軽蔑した目で私を見る。その目はなんだ。どこかで見覚えがある。「パパがバグってるのって、肛門括約筋だけじゃないの？」そっぽを向く怜王鳴門。ああ、そうか。わかったぞ。その目は、私がついさっきまであの男を見ていた目だ。やってしまった。私は動揺しながらも、なんとか言葉を絞り出す。「冗談。冗談だよ。中古とはいえ、よく見たらダスキンの人が取り換えに来る直前に急いで使い倒したモップみたいな毛色でキュートじゃないか。クリクリの目も業務スーパーのレーズンを口内でふやかしたみたいでフルーティだし。今日からこいつも家族の一員だな。ところで名前はどうする」怜王鳴門はようやくこっちを見るが、その目にはまだ不満がありそうだ。「ベリアル」「ベリアル？　ベリアルだって？　お前、なんて名前を――」そう言いかけて私は口をおさえる。これ以上我が子の信頼を損なうわけにはいかない。私は確かに口が過ぎることがあるが今日は特に度を越している。これもさっきの出来事のせいだ。なにせあの「パパに似てたね」なんだと？「あの男の人、なんかパパに似てた」私に似ているだと。そんなわけがあるか。いや？　そもそもあの男って誰だ？　なにかその男と不快なことがあったような気もするが、もう忘れてしまった。電車がカーブへさしかかる。傾いた春の陽光が怜王鳴門の後頭部へ差し込む。そうか。もうこんな季節なのか。五センチばかり開いた窓からぬるい風が流れ込んでくる。「パパはぼくが醜い子供だったら、どうする？」逆光になった怜王鳴門はうつむいて、犬の鼻に唇をつける。ずいぶん突拍子もないことを訊いてくる。「人を傷つけても、顔色ひとつ変えない子供だったら？」ばかばかしい質問だ。トロッコ問題を出して愛を確かめあう稚拙なカップルみたいじゃないか。「別に、なにも変わらないよ」「変わらないって？」「愛してる」怜王鳴門はその答えに顔を上げると、笑顔とも泣き顔ともつかない表情を浮かべる。私は補強するように続ける。「そもそも美醜を価値基準にする手合い、ルッキズム野郎には吐き気を催すからな」怜王鳴門の表情はふたたび曇る。勢いよく洟をすすると、他人のように窓の外へ顔をそらす。「パパ、しばらく黙っててよ」わかった。黙ろう。いつだって私は敗者だ。向かいの窓に彼の顔が映る。そうだ。現実でも物語のなかでもそれは変わらない。真の敗者に寄り添う人間は、虚構のなかでさえどこにもいないのだ。

五年後の一月九日。黙り続けてからずいぶんと時が経った。黙っていても物事は進む。ことさら交渉事における沈黙は何よりも心強いカードだ。売り飛ばしたタワーマンションもかなりの値段になった。怜王鳴門はいつだって正しい。彼は大学まで続く名門中学を出て高校生になっていた。身長は止まったが知識量は増え続け、クイズ研究会ではチームを牽引。昨夏に行われた全国高校生クイズの決勝では、上級生のミスが相次ぎライバル校にマッチポイントを許したものの、怜王鳴門が怒濤の五問連続正答を叩き出し、大逆転優勝を果たした。圧巻だったのは最終問題。求められたフィボナッチ数列上位二十項目すべてを見事に唱えたシーンだ。会場にいた私は興奮のあまり「生ける黄金比！」と叫んだ。テレビの全国放送もあり、切り取られた解答シーンの映像はＳＮＳで拡散、粋美な怜王鳴門の名は瞬く間にお茶の間へ轟いた。しかし彼はクイズ研究会を辞めた。音楽をやりたかったから。そう彼は言った。さすがは四分の十九拍子で乳を飲んでいた子供だ。ギター、ベース、ドラム、キーボードだけではなく、マウスボウやディジュリドゥなどの原始的民族楽器もあっという間に習得し、どこで知り合ったのか近所の大学生などと日夜バンド活動に勤しんだ。なにやらスピード・グルー＆シンキとトラップメタルを融合させたような実験的な音楽を志向しているようだ。メンバーは流動的で十人前後がいるらしい。すでにネットではマニアックなファンがついているという。ベリアルはあの日から一週間で成犬となった。私とは犬猿の仲だった。この場合、私が猿ということになる。この愚犬は怜王鳴門の前では愛らしい姿を演じたが、排便は私の靴に必ず行った。ダリの『記憶の固執』をプリントしたオールドスクールのスニーカーも度重なる大便により排便の固執となった。この駄犬にはキースホンドという血統があったらしい。私が獣医師の言葉を信じず雑種扱いし続けた結果、怜王鳴門がキレてDNA鑑定まで行った。彼は混じりけなしの血統犬だった。猿は三日間土下座した。その結果、怜王鳴門から許しを得て、言葉を発すること、すなわち書くことも許された。こうして猿は四足歩行と言語を獲得した。ベリアルは「お前はこれからウチの奴隷ワン」といった。キースホンドという品種名はオランダ愛国党の党首の名前に由来する説もあるらしい。一人称がウチのナショナリスト犬に屈するなんて凄まじい屈辱だ。タワーマンションを出たのはこの犬の命令でもあった。「もっと庭が広いところに引っ越すんだワン」そう言い出したときはダミアンハーストに献体してやろうかと思ったほどだ。こうして都心から郊外の丘陵地帯にあるニュータウンの一角へ越してきた。幸い、音楽をするのにも一軒家は都合がよかった。最低だったのは、坂が多いためどこもかしこも車だらけという点だ。人類はこの大量殺人機械をいつまで使うつもりなんだ。先日もベリアルに散歩させられていると、交差点でスピードに乗ったレクサスLSが横断歩道を無視して突っ込み、われわれを轢き殺すところだった。年に何千回も起きるエラーはエラーとは言わない。システムが壊れている。これは社会と車、両方の欠陥だ。それを放置しているのは誰か。

決まっている。上位数パーセントの支配層だ。この国のトンネル会社と車への態度は孫に対する祖父母のそれと同じだ。甘すぎる。どれだけの富を持っていたとしても、私は車だけは絶対に乗らない。絶対にだ。

九か月後の一〇月四日。私は一六一八万円でキャンピングカーを購入した。きっかけは怜王鳴門のバンドメンバーである浦怒栖《うらぬす》がうちへ練習にやってきたことだった。彼はルーツにポリネシアンを持つ百九十センチ近い屈強な男子で、パートはマンドリンだった。ラグビー部で性的な噂を流され退部し、スポーツ科のクラスで孤立していたところを怜王鳴門が誘ったそうだ。あいかわらず大陸のような慈愛を持っている。「おじゃましまああす！」音響兵器そのものとしか思えないバカでかい声。玄関から放たれた衝撃波に、居間にいた私はソファから吹っ飛び、食器棚や本棚は倒れ、絵画たちがバコバコと床に落ちる。混乱したベリアルは私に「何とかするワン！」と吠えながら排尿し逃げ回る。まさに人災だ。「うおおスッゲー！　広すぎんだろお！」彼にとっては日常会話でも、我が家にとってはそうではない。一言発するたびにテレビの液晶に亀裂が走り、窓ガラスにヒビが入る。耳からは謎の液体が垂れ、目からは血が噴き出す。鼻までもが痛い。すべてが破壊されつつあったが、ここまではまだよかった。声が兵器の高校生なんて元気でかわいいもんだ。私は快く彼を迎えた。しかし浦怒栖は致命的に空気が読めなかった。「レオのおじいちゃんですか？　いつもお世話になってま——うわくっせえ！　おいレオー！じいちゃんおしっこ漏らしてるぞ！　大丈夫ですか！　おれ拭きましょうか？」彼の後ろに隠れていた怜王鳴門は鼻をつまんで言う。「別にいいよ。ほらこっち、地下に防音室あるから」「おお！　じゃあすみません！　うわっ床にキモい絵が落ちてるぞ！　なんか食ってる！　レオのおじいちゃんの肖像画かな！」その一言で、私は大人という最後の肌着を脱ぎ捨て、血の涙を流しながら怒りはじめた。浦怒栖も瞬時にキレ返し、私は全く勝ち目のないステゴロへ突入するところだったが、怜王鳴門が仲裁に入ってくれたおかげで平静を取り戻した。私は確かによく漏らすが今日はまだ漏らしていないこと、そしてこの絵はキモい絵ではなく、育児の支えとなった価値のある絵だということを主張すると、浦怒栖は不満そうに「うそくせー」と呟く。私はムキになって「値段だって相当なもんだ」と返してしまった。そんなはずがない。二万円が適正価格だ。結局、浦怒栖は納得せず、真贋を確かめるため、サトルの絵をお宝鑑定のテレビ番組へ出すことになった。あの番組への出演倍率は相当なものだ。どうせ当選するはずがない。そう高をくっていたが、すぐに出演が決まってしまった。彼の父はキー局プロデューサーだったらしくコネでねじ込んだようだ。マスメディアの人間とその子孫は、公正な言葉を吐きながら不正で人の尻を蹴り飛ばす習性が遺伝子レベルで受け継がれているらしい。数週間後、あっという間に収録の日がやってきた。「どうも！」「きみ声でかいねー。鼓膜が破けたかと思った」「ほらピンマイク、ついとらんもん」「今回の絵はあまりにも有名すぎると思いますが」「俺に言わせるとこれ、偽物としか思えんねん。なんか姿勢とか、色味とか子供も全然ちゃうし、そもそもプリントっぽいし、スタッフ、なんでこれ通したの？」「本物はマドリードにありますからねえ」「ねえ！　偽物でしかないわけでしょう」「さあ、浦怒栖君の予想は？」「一文で！」「一文！」「声に反して目標額はバカ小さい」「それでは見てみましょう。オープン・ザ・プライス！」カウントがはじまる。神妙な顔の鑑定員。スタジオの観覧席に座る私は、白けた顔で回転する数字を見つめている。くだらない。元は二万円で買った複製画なのだ。まんまと愚かな争いに乗せられてしまった。あのときはカッとなってしまったが、時間の経った今となってはなにもかもどうでもいい。一刻も早く無為な時間が過ぎ去ってほしい。私はこうやって結果を待つ時間が一番嫌いだ。結果が出るまでその呪縛から逃れられない。幸も不幸もすべて不意打ちであればいいんだ。想像力を現実に使って一喜一憂するなんて、一蘭の味集中席を犬に使わせるようなものだ。私は見ていられずに目をそらす。しかし隣にいた怜王鳴門は言った。「パパ、ちゃんと見てて」学ランの肩まで伸びたゆるいパーマの緑髪、インナーカラーのワインレッドは白い肌によく映えた。一、十、百、千、千、千、千、千、ゼロが四つ並んだところでカウントが繰り返される。故障か？　いや、違う。スタジオの人間、物体、世界そのものが、コンマ数秒の間で繰り返されている。私と、怜王鳴門を残して。彼は「よいしょ」と席を立ち、体を伸ばす。なんだこれは。なにが起こっている。「ちょっと変えなきゃ」怜王鳴門はセットへあがり、下手側の男性ＭＣの頬を後ろから引っ張り腹話術の人形のようにしゃべらせる。「はっきり言うけどさ、パパはちょっと疲れてるんだよ」「どういうことだ」怜王鳴門はわきの間から顔を出すと体を持ち上げて、もう一人の男性ＭＣの前へ移動させる。「いちいち悲観的になるし、なんでもすぐ忘れちゃう」状況を理解できない私をよそに、怜王鳴門はふたりのＭＣを向かい合わせにして、唇をつけさせる。「想像は想像だけど、現実に干渉するし、その逆もある」怜王鳴門は鑑定員のもとへ向かうと、白髪頭の両側頭部に人差し指を当てる。「忘れるっていうのはさ、記憶を無意識の側にねじ込んでるだけなんだよね」ぬ、ぬ、ぬ、と頭蓋へめりこむ指。鑑定員の老人の黒目がスロットのように回転しはじめる。消えてゆく液晶のカウンターの数字。「パパの無意識はとっくにキャパオーバーなんだよ」チン、と音を立てて黒目が止まる。「だから、無理しないで」指を抜き、怜王鳴門が私の隣へ戻ってくる。「ね」優し気に垂れた二重の瞳。長くカールしたまつ毛。その笑みは、実の子供とは信じられないくらい美しく、私よりもはるかに成熟した人間のそれだった。まるで、幾度も人生を繰り返しているようだ。そして時間は数秒だけ巻き戻る。「オープン・ザ・プライス！」「うわあ」「ひえええ」「な、なんや急にキスして！」「こっちのセリフですよ！」

「欲求不満なん？」「あなたに言われたくないな！」「意外と柔《やわ》かった」「それは嬉しい」「あっ、もう金額出てるやん！」「一、十、百、千、万、十万、百万、千万、一億――」「四億円？」「うそやん！」「紛れもない真筆でございます」「えええ」「信じられん」「現在、プラド美術館に所蔵されているものも本物ではありますが、ゴヤはこの絵を二枚描いたと言われています。一枚は世界へと流通しましたが、もう一枚はゴヤの親族だけで受け継がれてきたものです。しかし困窮したゴヤの子孫の男はこの絵を外へと持ち出し、借金のかたに売り飛ばそうとしました。それを知った四人の兄弟たちは彼を止めようとしましたが、裏切りは裏切りを呼び、結局父親が介入し全員を皆殺しにしました。呪われた絵として長らく封印されてきましたが、そのゴヤの家系が途絶えた結果、裏社会に流通したそうです」「すごい話ですね」「嘘でしょう……」「紛れもない嘘でございます。いま私が考えた話です。この金額も適当につけました。ふざけた仮構でも真実と信じきることが創作の本質ですから、贋作でもどうか大切になすってください」「なるほど。芸術なんてみんなそんなものですよね。先生、ありがとうございました。いやーいかがですか！　浦怒栖君！」「ヤッタアアアアアアア」歓喜の咆哮でスタジオセットとカメラ、スタッフ、音響機材は完膚なきまでに破壊された。私たちは一千万円以上の弁済を迫られ、補塡のため絵は即時売却したが、私たちは一日三食一蘭を食ってもびくともしない富を手に入れた。その後「ツアーに回るからキャンピングカーが欲しい」という怜王鳴門の要望で私は免許を取得し、スクールバスをリノベーションしたキャンピングカーを購入した。反対していた勢力の渦中へ放り投げられると、大半の人間は認知的不協和に耐え切れず主張を取り下げるようになるが、私も例外ではない。今では車大好き人間だ。事故？　死者？　見えない悲劇など知ったことか。自分が人を殺さなければいいし、殺されなければそれでいい。そもそも私が社会構造の欠陥を解消するために取った有意義な行動など、今まで一つもない。せいぜいフォロワー数人のＳＮＳや匿名掲示板のまとめサイトのコメント欄でお気持ちを表明して、ママ友と井戸端会議で不満を漏らしただけ。それでなにか変わるわけがない。私は一秒でも長く家族とその周縁の平和さえ保たれていればいい。そうやって差別も虐殺も内戦も無視し続けてきた。現実への想像力と実践、その継続を放棄した。世界に対することの態度はいつか巡り巡って、私たちの首を両手で、力の限り絞めてくるだろう。それこそが不意打ちだ。想像の外側まで愚かさで侵略し続ける私には、不本意な痛酷・破滅・死こそがふさわしい。私たちはツアーに出た。それは予定していたよりずっと長い旅になった。

三年後の四月七日。十九歳の怜王鳴門と二十歳のサッちゃん、私の三人は南の島、沖縄にいた。今ではこのキャンピングカーが我が家だ。一軒家は二年前に焼失した。留守中、自宅の管理とベリアルの世話を任せていた浦怒栖が彼女を連れ込んだことが発端だった。バイセクシャルで無限性欲の彼は、その彼女以外にも代わるがわる男女を招いては行為に及んでいた。ある日、浦怒栖はいつものようにマッチングアプリで出会った女子大生を連れ込むと、そこには包丁を持った本命の彼女がいた。その後ろには彼女のセックスフレンド兼ボディガードの体育大生、浦怒栖の浮気相手Aであるタワマン高層階在住女性とその夫、浮気相手B同級生男子とそのパトロンである五十代男性、そしてその男性の妻と妻の母と子供たちが待ち構えていた。想像したくもない。性欲のセフィロトの樹だ。彼らは大乱闘となった。醜争によりすべての家具は武器となった。他人の家でやるな。人類の進化をなぞるように、誰かが火へと辿り着いた。それからは一瞬だった。延焼こそ免れたものの、中にいたベリアルは焼死した。その場の誰も、犬を気に留める人間はいなかった。骨さえ出なかった。残ったのは焦げたグッチの首輪だけだ。クイズのために収集した膨大な蔵書も、怜王鳴門の集めたレコードや楽器もすべて灰燼に帰した。私たちは怒りを通り越して虚無に陥った。怜王鳴門は無気力に言った。「人間はなんて愚かなんだろうね」そして浦怒栖を許し、絶縁した。不幸中の幸いというべきか、私たちにはキャンピングカーがあった。焼け野原に車を置き、終末後のように陰鬱な暮らしをはじめた。そこへ、すらりとした長身にシングルライダースを羽織った、海外帰りのサッちゃんがやってきた。どこかで事情を聞いてきたんだろう。うつろな目で堕落した私たちの尻を叩いて言った。「クイズをやろう」そして生活を立て直してくれた。質素倹約・自己責任・自助努力を信条とする彼女は規則とルーティンを金科玉条に掲げて私たちの性根を叩きなおし、クイズの世界へと引き戻した。チーム・ミルク泥棒はクイズ界もといお茶の間を席巻した。世界史や他国文化、言語学に強さを見せ、制限時間が迫ってもまったく動じない鋼鉄のメンタルを誇るリーダー「鉄の女《アイアン・レディ》」サッちゃんに、すべてのジャンルに精通するオールマイティな知識と美を誇る「生ける黄金比《リブ・フォーエバー》」怜王鳴門。そして二人の背後に立ち、何一つ解答しない私はネットで「数合わせ」「喋る不労所得」と蔑まれ、常に中傷の的となった。私たちは最強だった。三人で早押しのアンサーボタンに手を重ね、目を合わせてほほ笑む。次の瞬間には正解音が鳴り響き、ハイタッチする。その繰り返しだ。どんな難問にだって答えられる気がした。ミルク泥棒はクイズ番組だけではなくバラエティにも多く出演。軽妙なトークで人気を博した。生活が安定した怜王鳴門は音楽活動を再開し、ソロに専念した。サッちゃんはバックアップに回り、テレビで知名度を高めた怜王鳴門は、一躍人気のライブ配信者、コンポーザー、ラッパーとなった。彼の音楽は、デコンストラクテッドクラブとジョルジュ・ムスタキを足して三乗したような特異なポップスだったが、文字で表現しても伝わらないから割愛する。歌詞は日本語と英語が半々の割合だった。私たちは三人でツアーを再開した。百七十センチでスモールフェイスのサッちゃんと怜王鳴門は、親の目から見てもお似合いだった。彼らは幼児期からの付き合いだったが、お互いに恋愛対象としては意識していないようだった。仲のいい従姉弟に近い。そう言ってサッちゃんは八重歯を見せ笑った。「レはわたしのタイプじゃないよ」とも言った。週末はフェスやライブハウスのイベントに出演し、平日はMV撮影や配信を兼ねながら観光地を回った。私は沖縄が好きだった。特に御嶽《うたき》や亀甲墓《きっこうばか》が好きだ。子宮の形を模しているところや、親族が集まってバーベキューしたりする文化もいい。牧歌的でありながら根源的。魂との適切な距離だ。那覇に滞在して一か月ほどが経ったころ、三人で水族館に行った。平日のせいか、館内に人はほとんどいなかった。そこには十メートルの深さを誇る巨大水槽があった。青白い光の雨。まるで私たちのいる空間のほうが海中にあるようだった。ふたりは幼い子供に戻り、目を輝かせ走り出すと、アクリルへと額を貼りつけた。私は水槽全体を見渡せる後方でその背中を見ていた。彼らの頭上を泳ぐジンベエザメやマンタ。逆光で暗くなったふたりは身振り手振りでその動きや表情を真似ながら、けたけたと笑っている。海で出会えれば幸運といわれる生き物たちは、その場所に留まり続けている。明日も、明後日も、遠い未来も、果てなく分岐し続けるどの世界にも、きっとそこにいる。「パパ、見てよ！」怜王鳴門がサッちゃんに後ろから顔を引っ張られながら、マンタの鼻孔と口を真似る。私はおもわず噴き出す。それを見て、彼らも笑う。その瞬間、私は人生の幸福な時間をすべて閉じ込めてしまったような感覚に陥る。時がめぐり、再び気が狂うような苦痛に直面したとき。逃れられない怒りや悲しみに囚われ、視界が漆黒に覆われたとき。この瞬間の青く崇高な光だけが、私の帰るべき場所を教えてくれるだろう。そしてきっと思い出し続けるのだ。記憶のテープが擦り切れるまで。私は、忘れたくない。そう気づくのと同時。目を抉られるような頭痛が走る。怜王鳴門が、俺に、い、い、生まれた。大音量の野太い声。反復し、頭蓋内を跳ね回る。激痛。嘔吐。息ができない。私はその場で髪をかきむしり、あらん限りの声量で叫ぶ。それからの記憶はない。忘れてしまった。人は忘却することで生きていけると、かつて私は書いた。しかし仮にそうだとして、人はなぜ記憶を残そうとするのか。なぜ絵を描き、歌を歌い、写真や映像を撮り、詩を、物語を、記録を綴るのか。その答えは簡単だった。それは現実を変えたいと願うからだ。目の前に転がる悲痛な現実に、ほんの少しでも愛嬌を与え、豊かにするため、人は残そうとする。しかし、すべてを虚構へ捧げたとき。その関係は反転し、現実は崩壊する。ちょうど私のように」

ぼくは西日の差し込みはじめた部屋で、ぼとぼと涙を落としていた。そうだ。ぼくにはパパがいた。赤ん坊のときから、ぼくを育ててくれた父親だ。パパとの思い出はすべて覚えていたはずだった。あんなめちゃくちゃな日々を忘れるはずがない。パパはパパ上と違って無職だし、すぐ物を忘れるし、病気じゃないのにうんこ漏らすし、稼いだ賞金は使い込むし、自分の偏見に無自覚だし、ジョークは滑りまくるし、犬に癇癪をおこして同レベルで喧嘩するし、最低な父親だった。でもたくさん笑わせてくれた。ぼくのことを全身全霊で愛していた。どんな姿でも受け入れると言ってくれた。あの水族館の光景は今でも覚えている。魚の数も、照明の角度も、鮮明に思い出せる。けど、なにか変だった。ぼくの記憶にあるその光景は二重にダブっている。二つの映像をセル画みたいに重ねた感じだ。なぜなのかはわからない。とにかく、今ここにはいないパパ上が嘘をついていることはわかった。ぼくはなぜここにいるのか。扉を開けようとしてもドアノブが固くてびくともしなかった。閉め切った雨戸も同様だ。パパ上は何らかの方法でぼくの記憶と行動を封じ、監禁している。それも何年もの長期間にわたって。なんて奴だ。あんな犯罪者を父親だと信じ込んでいた自分が恥ずかしい。ただ、ぼくには特別な力があることもわかった。人とその場の時間を思うまま操作できるんだ。テレビ番組の収録でやったように。あいつが来たらそれを使う。それまではこの続きをもう少し——。気圧が一瞬ゆるむ。ドアの開閉音。パパ上だ。家に帰ってきた。足音に恐怖をおぼえる。頭が瞬時に三つの選択肢をはじき出す。①武器に準ずるもので戦う。②平静を装い情報を訊き出す。③入ってきた瞬間、不意打ちで能力を使う。①はだめだ。体格差もある上に、力であいつに勝てるとは思わない、③も危ない。能力が使えるかも未知数だ。ここは②でいこう。いつも通りに振る舞って「お前、読んだんだな」パパ上は扉を開ける前に、そういった。ぼくはその一言でフリーズする。その間、パパ上がいつものように入ってくる。コートがくたくたで、悪霊みたいにひどい顔をしている。相当ハードな仕事だったんだろうか。いやこいつは敵だ。そんな心配をしてどうする。知られているなら仕方ない。③だ。能力を使うしかな「俺にはそれ、使えないぞ」構えたぼくの額にカシミヤのコートとシルクのネクタイが降ってくる。パパ上はジャケットを着たまま、ベッドにうつ伏せで倒れこむ。部屋がどすんと振動する。だめだ。勝てない。記憶を操作するくらいだ。思考はすべて読まれているのか。ぼくは抵抗を諦め、パパ上の足元にこしかける。「パパ上、いや、おまえ。ぼくの本当の父親じゃないんだろ?」パパ上は枕に顔をめり込ませたまま答えない。「本当の父親を、パパをどうしたんだ」答えない。「パパは、死んだのか」返事はない。「サッちゃんはどこにいるんだ」反応すらない。「あの水族館でいったい――」パパ上は突如、叫び声を上げる。枕に顔を埋めていてもすさまじい声量で、その全身がロケットエンジンみたいに振動して、部屋を揺らす。なんて異常者だ。ぼくは心底恐ろしかった。こんな人間を父親として、尊敬の念まで抱いていたなんて。その叫びは彼の喉が嗄《か》れるまで、五分も続いた。ようやく落ち着いてから、さらに十分余りがたった。静寂。部屋には二人の呼吸音しかない。パパ上は起き上がった。無表情だった。頰の赤みは乾いた血痕にも見える。「どの部屋から出だいが」声帯がギロになったみたいな嗄《しゃが》れ声でパパ上が言う。それは思いもよらなかった言葉だ。ここから出られるのか。「出たい」ぼくは答えた。外に出ればなにかしら活路が見出せるはずだ。「づいでごい」パパ上はパソコンを畳み、脇に挟む。ぼくたちは部屋を出た。家の中に見覚えのあるものはない。ぼくの部屋は寝室で、二階にあったらしい。階段を下りる。広いリビングはモデルルームみたいに整然としていて生活の気配がない。テレビ台の横にあるいくつかの写真立ては伏せられていた。家を出るとそこは、日本のどこにでもありそうな建売の住宅街だった。曇天。目の前の駐車場にいくつかの車が駐まっている。パパ上が近づくと鳥みたいな声をあげて、シルバーのカムリがロックを解除する。「乗べ」ぼくは助手席へ乗り込む。中古のキャンピングカーとは違い、真新しい車のにおいがする。運転席に乗り込んだパパ上は目をこすり、髪をかきあげてエンジンをかける。立ち上がるカーナビが今日の日付を読み上げる。パパ上は無視して車を走らせる。どこへ向かっているのか。訊いても無駄だろうからぼくは黙っていた。本当のパパはあの後、どうなったんだろう。水族館で倒れた後、どこか病院へ運び込まれたんだろうか。心配だ。「心配ずるな」

まただ。パパ上はぼくの心を読んだみたいに言う。偉そうに。今まで父親面しやがって。おまえはぼくを騙していたんだ。睨むぼくを尻目に、車は町を出て、広々とした田園地帯へ入る。それからほどなく山道へ。さらに十分ほど走ったところで、景色は大きく開ける。五階建ての施設。病院だろうか。針葉樹林に囲まれている。車はロータリーを通過し、百台は入りそうな駐車場へと入ってゆく。人けはほとんどない。ブラウンと赤い屋根の建物は新しく大きい。コロニアル様式風で、高級老人ホームみたいにも見える。パパ上とぼくは車を降り、中へ入る。ロビーに人はまばらだ。受付を素通りして、カードキー付きのエレベーターに乗り込み、最上階を押す。扉が開くのと同時に、パジャマを着た笑顔のおじいさんが入れ違いで入ってくる。パパ上はなぜかそれを阻止して、どん、と押し返し、ドアを閉める。なんでそんなことをするんだ。冷酷な奴だ。パパ上は構わず歩く。長い廊下にはいくつかのソファがあるが誰も座っていない。せわしなく働く職員らしき人はぼくを見もしない。パパ上が立ち止まる。「ごごがあいづのいだ部屋だ」ドアを開けると、そこは六畳ほどの個室だった。そこにはまだ、人の気配があった。ベッドにシーツはない。こぢんまりとした木の棚には乱雑に本が詰め込まれていて、その上には不釣り合いに大きい三十二型テレビが置いてある。本のタイトルにはフリオコルとかニックランとかいう文字が見える。ミニテーブルには白い有線イヤホンとタブレット、やけに膨らんだ、古い革の手帳がある。そうか。パパだ。ぼくは直感する。パパはここに、この部屋にいたんだ。いまはどこにいるんだろう。退院したんだろうか。それにしては生活感がありすぎる。「パパは、すぐ近くにいるの」「いぶ」「会わせてよ」「——その前に、やるごどがある」パパ上はベッドの横にあったパイプ椅子に腰かけて、ノートパソコンを膝に置き、ぼくの物語の続きを読みはじめる。ぼくの過去を知ってるはずなのに、なんでおまえが読む必要があるんだ。パパ上の眼球は最低限の動きで、爬虫類みたいに素早く動く。その立ち居振る舞いとルックスだけなら、パパ上は壮年期のアランドロンみたいにも見える。「終わっだ」いくらなんでも早すぎる。適当に読み飛ばしてるんじゃないのか。クライマックスでセリフが消える少年漫画じゃないんだぞ。「読べ」なんだって。「……読んでもいいの」「当だり前だ」彼は笑いもしない。昨日までの優しかったパパ上はもういない。ぼくは知らず知らずのうちに、そういう道を選択したんだ。ぼくはそのことに、今さら気づいた。「最後ばで読んだら、次ば俺の番だ」

「何分、何時間、何日、何か月、何年経ったのか。病室の天井。鴇色《ときいろ》のカーテンが天女の羽衣のようになびいている。沖縄にしては風がわずかに冷たい。首を動かす。寝違えてしまったのか、頸椎が錆びついたブリキの人形みたいにぎぎ、と音を立てる。ベッドの横のパイプ椅子では、眼鏡をかけたサッちゃんが読書していた。黒っぽいシンプルな、妙に大人びた服装をしている。なんの本を読んでいるんだろう。ピントがうまく合わせられない。目をこらす。カタカナだ。ジョー・ブレイナード。燃えた私の蔵書にもあった。たしか、タイトルは――。「ぼくは覚えている」私のかすれた声で、サッちゃんの目が、ぱ、と見開く。よく聞こえなかったんだろうか。埃のつまった木管楽器みたいに声が出しにくい。「『ぼくは覚えている』」、だろ。正解か？」今度はすこし大きな声で言ってみる。変にファルセットが混じってしまった。しかしサッちゃんはそんなことはどうだっていいようだった。「もう起きないと思った」そう言って私を抱きしめた。力が強すぎて貧弱なあばら骨が何本か折れた。どういう種類の筋トレをすればそんなにハグの力が強くなるんだ。その後、主治医の診察や検査を経て、肋骨以外の肉体や精神状態には問題がないとわかると、私はようやく説明を受けた。あの水族館で倒れた日から四年もの歳月が流れていた。くも膜下出血を起こし、昏睡状態に陥っていたらしい。そうだ。怜王鳴門は、怜王鳴門はどうしたんだ。音楽活動は。「レはオックスフォードにいるよ」サッちゃんは言った。オックスフォード？「レパパが植物状態になってから、辛くて日本にはいられないってアメリカに行って、クイズの世界大会で四連覇して、去年、並行活動してた音楽でもグラミー賞五部門受賞したあとは両方引退して、いまはオックスフォード大学で国際政治学を学んでるから」なるほど。完璧なサクセスストーリーだ。一億回再生を超えるライブ映像を見せてもらっても私はそこまで驚かず、むしろ安心した。彼は数年前からなにも変わらない自然体だったからだ。成り上がりのUSラッパーのように無駄な装飾もない。髪色も変わらず鮮やかなアクアグリーンだ。「サッちゃんは」「ここにいるけど」「いや、そういう意味じゃなくて」「別に、なにもしてないよ」サッちゃんは二十四歳になっていた。しかしかつて私たちの尻を叩き、鼓舞してくれた潑剌さはない。落ち着いたといえば聞こえはいいが、サッちゃんはどこかふさぎ込んでいるように見えた。それからすぐ、怜王鳴門は学業を投げ出して帰ってきた。彼は私と一緒に暮らすことを望み、私は退院と同時にイギリスへ飛ぶことになった。怜王鳴門はサッちゃんに感謝こそすれ、仕事相手のような態度で、以前のような親しさは見せなくなっていた。私はそれで、ふたりの間になにがあったか、理解した。そしてあの水族館の光に思いを馳せた。内臓を何個か引っこ抜かれたような喪失感がやってくる。思えばいつもそうだった。世界には私が決して見られない死角がある。それは遠く離れた異国の伽藍だったり、飲み会の帰り道の駅のホームだったり、夕陽の差し込む学校の屋上までの階段だったり、深夜のコインランドリーだったりする。その死角で彼らは結びつき、愛を育み、そして別れてゆく。私が見られるのはその前後だけだ。どうやったって死角の側になることはない。ずっとそうだ。そしてその死角は永遠に変わらない。それどころかどんどん大きくなり、やがて私は何も見えなくなる。サッちゃんとはそこで永久に別れた。彼女は死角そのものになってしまったのだ。

三年後の六月三日。日本へと帰ってきた怜王鳴門は、再来月の衆議院議員選挙に出馬すると表明した。その会見場所は、戦後から一時期を除き長期政権を保持する与党の本部事務所だった。一緒に帰国した私は選挙の話こそ聞いていたものの、彼が特定の政党と繋がっているとは知らなかった。音楽活動をしていたときは、フリートークや他のアーティストとのフィーチャリングはすべて拒否してきた。馴れ合いを否定するアティチュードがあらゆる世代の支持を得てきた理由の一つでもある。そんな孤高のイメージを損なう後ろ盾をつけるのはなぜなのか。そもそも、彼は政界に進出して何をしようとしているのか。私にはさっぱりわからなかった。彼に訊いてみても「前に言ったでしょ」とはぐらかされるばかりだった。そんなことを言われた覚えはない。また忘れているのだろうか。私はペーパーアサシン兼グリーンティーパーソンとして事務所で呆けていた。イギリスでも同じように暇だったが、あそこにはフットボールがあった。よく観たのはオックスフォードユナイテッドの試合だ。チームは弱かったが、さすが母国というだけあって、三部リーグでも観客の熱狂は相当なものだった。フットボールというよりはラグビーに近い肉弾的な美しさがあった。彼らの無骨な体がぶつかり合うたび、小さな魂の破片が宙にきらめくのが見えた。帰国してから近所のプロチームも観に行ったが、技術こそ優れているもののプレーには覇気がなく、肉体の衝突からなる美しさはなかった。その生ぬるさは居心地が悪く、この国で蔓延する陰湿さの象徴のような気もした。怜王鳴門は二十六歳になっていた。まだ親元で暮らしていてもおかしくない年齢だ。しかし一流であれば精神的・肉体的にもっとも充実する頃でもある。この歳の松井秀喜はNPBで二回目のMVPを獲得したし、羽生善治はすでに七冠を達成していた。漫画家や音楽家なら大作に着手する者もいる。そんな充実した時期を選挙区や党内の上役への挨拶回り、演説準備、資金集めのパーティなどに割くのはいかがなものか。ましてや怜王鳴門ほどの人間が。もっとクリエイティブな仕事をするべきじゃないのか。そう諫言《かんげん》すると彼は笑って言った。「パパが大工だとしてさ」「パパはどんな世界線でも無職だ」「じゃあ、無職だけど家を建てようとしてさ、その場所が犬小屋くらい小さかったらどうする？」またクイズか。私は辟易しながら答えをひねり出す。「犬小屋に入れるように、毎日お風呂から上がったあとに柔軟体操する」「ぼくなら、その場所を広げる。周りの建物を全部壊して更地にするんだよ。今やってるのは、その準備だから」私には怜王鳴門の言っていることがよくわからなかった。だいたい更地なんて和歌山県に行けばいくらでもある。家なんて建て放題だ。だからそんなのは詭弁だ。詭弁和歌山だ。その会話だけではなく、少し前から怜王鳴門の言行を理解できないことが増えた。むしろ怜王鳴門を本当に理解できたことなど今まであっただろうか。私は何度も過ちを繰り返してきた。この瞬間だってそうだ。

三か月後の九月六日。怜王鳴門はクーデターの発起者となった。選挙で落選してからわずか一か月後のことだった。クーデターというよりはテロという方が正しいだろう。国会議事堂の爆破からはじまり、主要経済団体本部、大手マスメディア各社、高級住宅街や寺院までもが標的となった。すべて怜王鳴門のファンが実行した。彼のファンたちはＷＵＺＵ《ウズ》と呼ばれる熱狂的なファンコミュニティを形成し、人種宗教国家を越えた堅牢な繋がりを持っていた。怜王鳴門は有料チャンネルの閉鎖的な空間で、何年も前から長い時間をかけて陰謀思想を広めていた。それは簡単なクイズから始まり、日常のささやかな疑問や不満の相談コーナーを経て、社会思想、哲学、自然科学、考古学、地政学にまで発展した。そして選挙直前のライブ配信で、怜王鳴門は突如、自分が同性愛者であると告白した。その発表は爆発的に拡散し、緊急ニュース速報のテロップ、新聞の号外まで出た。過熱する大騒乱のなか、私は絶句していた。ありえない。お前はサッちゃんと付き合っていたじゃないか。それに私は、そうお前を育てていない。これは人気集めのための、紛れもない嘘だ。配信のなかで怜王鳴門は続けて、自分の愛の形が承認されないこの国家、その土台となる格差社会や保守派の権力者たちが自分を今まで苦しめてきたのだと、苦悩を吐露した。ＷＵＺＵは彼に同情した。怜王鳴門は想像と実践こそが世界を変えるのだ、と与党からの離党を宣言し出馬。ＷＵＺＵの猛烈なバックアップを受けた。しかし僅差で落選した。相手は再選で、自転車で地道に活動してきた無所属の中年女性だった。ＷＵＺＵの行き過ぎた宣伝活動がアンダードッグ効果になったという声もあった。憔悴しきった様子を見せた怜王鳴門は、悪と戦うのに疲れたと言い、自死をほのめかしながらチャンネルを閉鎖することを発表した。ＷＵＺＵは阿鼻叫喚に包まれた。それからまもなく、怜王鳴門を苦しめたとされる「諸悪の根源たち」の情報がファンコミュニティ上に流出した。この先二か月分のスケジュール。宿泊場所。住所。家族構成やそれぞれの学校。セキュリティに関するものから趣味嗜好、会員制の買春クラブの顧客リストまで、あらゆるものが載っていた。その投稿は誰が行ったのか、頭がスカスカの馬鹿でもわかる。わずか数分で削除されたものの、数百万のＷＵＺＵがそれを入手した。それから彼らがやることは一つだった。怜王鳴門はただ、世界のすべてに失望したと言っただけだ。実際に、やれ、と命じたことは一度もない。しかし人をもっとも突き動かすのは、愛する人間を救おうとする無垢な正義の心だ。ＷＵＺＵの最古参であり、もっとも狂信的で十万超のフォロワーを持つ一人の女性も例外ではなかった。彼女は大手ＩＴ企業の重役の一人娘だったが、中高一貫校でいじめに遭い中退。十年ほど引きこもっていたところで怜王鳴門と出会った。ライブをきっかけに外出するようになり、その活動を支援するため、自らもエンジニアとして父の会社で働くようになった。彼女は流出したリストの意味を誰よりも早く理解した。最初の解読者だったからだ。怜王鳴門の曲やアートワークはどれもシンプルだったが、難解なメッセージが組み込まれていて、考察動画も人気を博していた。中でも解けない謎とされていたのはセカンドアルバム『Burner』のジャケット写真だった。そこに写されていたのは、ルーズリーフに手書きで書かれたアルファベットと象形文字のような記号からなる19字×20行の文字列で、裏面や歌詞カードのバックにも同様の形式のものが計四枚あった。既存の暗号解読法では答えが出ず、衒学《げんがく》的なものではないかと言われていた。しかし一年前、彼女は独自にソフトを開発し、その暗号を解読していた。導かれたのはひとつの短縮URLだった。そこには怜王鳴門の動画がアップロードされていた。明るい料理チャンネルのようなトーンで、彼はギターケースを使った爆弾の製造方法と、全国に散らばった原料の保管場所を彼女に教えてくれた。アルバムの隠しトラックのようなジョークだと思った。内容はともかく感動はひとしおで、世界で自分だけがこの映像を見ていると思うと、彼と二人きりになったような夢見心地でいられた。当然、解読の事実は公表しなかった。しかし、彼女はいま、すべての意味を理解した。そして最初の自爆テロの実行者となった。怜王鳴門が音楽活動停止時に発表した最後の曲である『DDD』のコーラスを引用したポストとハッシュタグ、解読ソフトのダウンロードリンクを残して。ニュースが流れた直後、怜王鳴門は犠牲者の冥福を祈るより先に、彼女の愛と勇気を称え、自らもWUZUへの変わらぬ愛を表明した。彼らは聖句を持つ戦士になった。「もっとも幸せなときに死にたい　I wanna die when I'm at my happiest #DDD」運よく生き残り、重傷を負ったWUZUの一人はストレッチャーに横たわりながら繰り返し歌った。下世話なスキャンダル、薬物、脱税などの不意打ちで自分の生きがいを失うより、彼を信じ、また彼からも信を得て、無垢のまま殉ずることができる私たちは幸せなのだと、WUZUたちは信じていた。同時多発的に都内各所で発生したテロにより、わずか半月で九一二人もの死者と五六四三人もの重軽傷者の山が積みあがった。あまりの規模と頻度に社会は混乱をきたし、警察は怜王鳴門を首謀者として指名手配するまで二週間を要した。私は重要参考人として身柄を拘束され、事件の全貌を聞かされた。私にとってこの連続テロ事件は現実とは到底思えなかった。オックスフォードユナイテッドがプレミアリーグに昇格したと言われたほうがまだ信じられただろう。

一〇月八日。私は犯人隠避罪で逮捕された。隠避どころかそもそも怜王鳴門の居場所も隠れ家も知らなかったが、私の優しい子猫メンタルでは本庁の取り調べ圧力に耐えられるはずもなく、虚偽の自供を強要され従った。小学生でさえ動画を撮影編集し全世界へ公開する時代に、この国の警察はいまだ取り調べ室にカメラを設置することさえできない。上層部の頭の風通しが良すぎるせいなのか？　とにかく私は牢獄への道を歩みはじめた。その間もＷＵＺＵのテロは続き、ついには海外にまで波及するようになっていた。我が子が大量殺人の先導者となったこの期に及んでも、私は呆け続けていた。多くの陰謀論者と同様に、決定的な証拠を突き付けられてもその大前提を否定することで、自らの正当性を固守していた。不意打ちとはこんなにリアリティのないものなのか。いや。本当の不意打ちに大小などなかった。それが新聞のわずか一段のニュースだとしても、人生は容易に破壊される。サッちゃんが死んだ。ＷＵＺＵの標的はアッパークラスの高級住宅街も例外ではなかった。彼女は私たちと別れ、三年をかけて書き上げた青春小説で地方文学賞を受賞していた。その日はお祝いもかねて、多忙な父親と近所の人間も集まったホームパーティが開かれていて、彼女はひとつのプレゼントを受け取った。少し重みを感じるギターケースだった。送り主は誰なのか、サッちゃんにはなんとなく見当がついた。父にせがまれ、彼女は懐かしそうにそれを開く。間もなくその場にいた十九人のうち七人が死んだ。サッちゃんの父親も諸悪リストに名が刻まれていた。外交官の地位を利用し、格闘技界での海外有名選手の招致における収賄や賭博などに関わり、反社との繋がりも持っていたという。だからなんだ？　悪人とはいえ、何も知らない子供まで殺す必要があるのか？　怜王鳴門ならリストから除外できたはずなのに、なぜあいつはそれをしなかった？　そこまで関係は悪化していたのか？　あの幼い日の公園で、私が彼女を登場させなければよかったのか？　ツアーなど同行させなければよかったのか？　いやもっと早く、そもそも私が彼を、あの悪魔を生み出さなければ彼女は死ななかった。私にとってサッちゃんは、怜王鳴門と同等の特別な存在だった。この世界にその二人以外重要なものなどなかった。なぜなら彼女は怜王鳴門の子を孕む、唯一の女性だったからだ。彼女は順調に怜王鳴門との交際を進め、私の義理の娘となり、孫を産み、幸福な家庭を築くはずだった。そして私は祖父としてその末席に座るはずだった。怜王鳴門はその未来を叩き潰した。彼女の人生を終わらせてしまった。なぜだ。こんなことは、私の想像した未来にはない。悲痛と憎悪と後悔に押し潰され、私の体はつま先から老朽化した大谷石《おおやいし》のようにボロボロと崩れ出し、やがて全身が暗黒へと飲まれた。その場所には小さな光があった。水族館の光だ。私は青い水槽の中から、サッちゃんと怜王鳴門の背中を見ている。そしてその先には、間抜けで穏やかな笑みを浮かべるかつての私がいる。私は水槽の壁を力の限り叩く。分厚い透明なアクリルはびくともしない。忌々しい物語の壁だ。泡を吐きながら溺水する。意識が遠ざかる。死が目前に迫るその苦しみのさなか、私は決意する。この怜王鳴門は失敗作だ。そうだ。殺そう。そしてやり直すんだ。何歳からがいい。サッちゃんと出会う三歳児からでいいだろう。それまでのヴアースは、あいつを殺した後、跡形もなく消す。

　一か月後の一一月四日。「パパ、漏らしてない？」フルフェイスのマスクを脱いだ怜王鳴門は、私の独居房を開けて笑みを見せた。長かった緑髪は坊主近くまで短く刈り込まれ、背後には刑務官の死体が転がっていた。高度に組織化されたＷＵＺ

Uの精鋭は未明、法務省を武力で制圧した。あちこちから被収容者たちの怒号が聞こえる。私たちは下水道を経由して脱出、用意された何台ものジープへ分かれて乗りこんだ。彼らがどこから来て、どこへ向かっているのか私にはわからない。わずか数分の作戦行動で数十人が殺された。私は死者に自分の人生を重ねるほど厚かましくはない。しかし無価値な私のために多くの人間が死んだ。今となってはすべてが遅いが、もう現実を無視することはできなかった。自分の尻は自分で拭かなければならない。私の尻はいまだにクソを排出し続け、トイレの四方八方に飛び散り、世界のすべてをクソ絵の具で塗りつぶそうとしている。それでもまだ、できることはある。紙もある。尻が拭けなくなるほど老け込んではいない。自分でもここまで義侠心が芽生えていることが不思議だったが、今は内面分析にふける時間はない。薄暗い後部座席に座り、ＡＫシリーズの自動小銃を隣の赤髪の女性へ渡す怜王鳴門。五人のＷＵＺＵは車内ではひと仕事終わったというように中期怜王鳴門のネオソウル曲を流し、英語でジョークを交わしていた。「久しぶりだな、怜王鳴門。そんな武器いったいどうしたんだ。すごいじゃないか」演技とはいえ自分の白々しい言葉に胆汁がこみ上げる。「いろいろだよ」「ちょっと見せてくれ」「いいよ」私はライフルを受け取る。ずしんと重みを感じる。「セレクターはどこだ？」「ここだけど、気をつけ」私はセーフティ解除とともに怜王鳴門の左のこめかみへ銃口を当てる。緊張が走る車内。ＷＵＺＵが一斉に私へ銃を向ける。平静を崩さない怜王鳴門は、彼らに銃を下げるよう身振りをして私を見る。「パパなにしてんの」「どういうことなんだ」「またそれ？」「なぜサッちゃんを、ここまで多くの人間を殺した？」「それって、もしかしてクイズ？」正面を向いたまま怜王鳴門がにやける。「ふざけるな！」「パパこそふざけんなよ。パパは一度でも答えを考えたことある？　正解したことは？　ないでしょ」「質問に質問で返すな。答えろ」怜王鳴門の顔から笑みが消える。「答えられないのか。なにも忘れていないくせに」ふふ、と怜王鳴門が耐え切れないといった様子で笑い出す。「おい！　ふざけるなよ！　さっさと――」「こういうことだよ」怜王鳴門は目にも止まらぬ素早さで足首からハンドガンを抜くと、ノールックパスを出すように、ＷＵＺＵの五人の頭部へ鉛玉をぶち込む。制御を失い蛇行する車。全体重の乗ったアクセル。横転。私はトリガーを引く。車内を埋め尽くすマズルフラッシュと乱射音。跳弾によって右大腿と脇腹、左肩を被弾する。三十発、全弾打ち尽くしても、弾は彼に当たらなかった。怜王鳴門は裏返った甲高い声で小刻みに笑っていた。彼がそんな声で笑うのを初めて聞いた。ただただ気味が悪かった。ジープは早朝の高速道路で炎上した。怜王鳴門は消えた。私は重傷を負いつつも車から脱出した。しかし私の命などこの場所へ置いてきた方がよかったのかもしれない。

一年後の一一月二一日。怜王鳴門のクーデターは成功をおさめた。彼は自衛隊と警察権力を掌握し、自らの政党を立ち上げ、格差拡大により固定化された階級の脱構築を大義名分に、不平等選挙を堂々と実行、議席をほぼ独占。憲法改正発議からあっという間に政治制度を改編、議院内閣制をはじめ既存制度を次々と廃止したのち、大統領の座についた。一夫多夫制という前代未聞の法律も制定。国際社会は当然ながらこの国を危険な独裁国家として批判する声明を続々と出したが、怜王鳴門には布団のダニ程度の疎ましさを感じさせただけだった。自国に軍を置く大国とは密約を交わす一方、経済制裁や政情不安による過度なインフレに疲弊した国民たちの不満は、怜王鳴門の巧みな世論誘導によって周縁国へと向けられた。怜王鳴門は数か月前から「不条理な自国民弾圧」を理由に「やむを得ず」近海での示威活動を展開。宇宙探査ロケットをＩＣＢＭに替え、日夜近海への発射訓練を行った。彼は、誰がどう見ても戦争を起こそうとしていた。しかし同じ国の、同じ水槽の中にいる人間にはそれがわからない。戦争を起こして、彼に何の得があるのか。侵略がしたいとは思えない。私にはまだ怜王鳴門の真の目的がわからなかった。というより考えている余裕もなかった。私は旧政府ゲリラの一員として、「悪魔の日」反攻戦に向かっていた。あの日、瀕死の状態だった私はある男に拾われ、郊外の廃墟となった巨大ショッピングモールの地下駐車場の端にある元警備員室で治療を受けていた。おそらく拷問を受けるか、スパイとして使い捨てにされるだろう。そう思っていた。私はいつ死んでもよかった。怜王鳴門を止めることにも失敗した。多くの人々と同じように、自らの物語の舵を失い、ただ世界の流れに身を任せるしかない漂流者と化した。食事もろくにとらず、痩せ細っていった。いよいよ点滴を受けるまで衰弱した私のもとへあらわれたのは、あの男だった。「久しぶりだな」浦怒栖だ。憎たらしい声。間違いない。しかしその外見は以前とはまるで異なっていた。スキンヘッド、シャープな顎、張りのあるド級の筋肉、ドウェインジョンソン級の筋肉だ。眉間を交差点として大きな十字の傷がついていた。北斗の拳でも見たことがない。どんな間抜けな負傷をしたらそうなる。体にはいくつもの銃創がついており、前腕にはワンちゃんのタトゥーもあった。もっとも驚いたのは、彼があの殺人的な声量をコントロールしていたことだ。「浦怒栖、お前いったい――」「俺の話はいい。レオパパ、怜王鳴門を止められるのはあんたしかいないんだから、食え」「いや、もう私は、」「あんたは『喋る不労所得』だろ。もっとふてぶてしく生きろよ。昔みたいに」その言葉に海馬を叩かれ、あの美しい日を思い出す。そうだ。また忘れていた。こんな私にも、たしかな幸福があったのだ。そしてそれを叩き壊したのは。サッちゃんを殺したのは。土壌で腐った憎しみは再び芽を出し、光へ向かって立ち上がる。なにがリブ・フォーエバーだ、今度こそ、お前のすべてを奪う。それ以来私は全国の戦場を駆けずり回ってきた。筋肉の鎧は日に焼け、死地をくぐり抜けてきたものだけが持つ、諦観と狂気と冷徹さの入り混じった顔つきになった。前腕にはサトゥルヌスのタトゥーも入れた。そして怜王鳴門が政権を掌握した記念日の式典、私たちが「悪魔の日」と呼ぶ日がやってきた。国立競技場の式典ではリモートを含め百万人が参加する大規模なクイズ大会が催される。私たちは偽造スタッフパスによって本会場に入場した。セキュリティとして潜入後は内部の協力者から十キロのセムテックスを受け取り腹に巻いた。チームの誰か一人でも彼のもとへたどり着けば、私たちの勝ちだ。正午過ぎから始まったクイズは深夜まで続いた。残りは六名ほどになり、いよいよ決勝ステージ、最終問題に入る。盛り上がりを見せる会場。私はインカムを装着して舞台の袖で待機しているが、怜王鳴門はいまだ姿を見せない。どこにいる。早く出てこい。今すぐにでもやってやる。「ここにいるよ」は？「ぼくはここにいるって」イヤホンにノイズが走る。声が二重になっている。いや、これは、無線から聞こえる声じゃない。どさ、と重量物が転がる音がして、私は振り返る。そこには笑みを浮かべて血まみれのインカムを持つ、スーツ姿の怜王鳴門がいた。足元に倒れているのは、浦怒栖だ。本物の屈強なセキュリティによって私は瞬く間に捕らえられる。手首を縛られた私は大観衆の見守るピッチへと放り出される。円形の壇上に立った怜王鳴門はＭＣからマイクを受け取る。すさまじい人気だ。「みなさん、楽しんでますか」反響する怜王鳴門の透き通った声。地鳴りのような歓声で会場が震える。「なんと今日は、ぼくのパパも飛び入り参加してくれました。みなさんご存じかもしれませんが、彼は裏切り者で、ぼくを殺そうとしています（笑）　本来なら今ここで処分してしまってもいいんですが、ぼくはチャンスを与えようと思います。この最終問題に正解した暁には、彼はぼくを殺す権利を得る。不正解の場合は――あとで考えます（笑）　じゃあ、がんばってもらいましょう！」マイクがＭＣに戻る。いったい、なにを言ってるんだこいつは。狂っている。「さあ！　いよいよやってまいりました！　最・終・問・題！　泣いても笑ってもこれで最後！　準備はいいですか！」若い男性の度を越した声量で殴られる。芝生の上に設置されたコース。二十メートルほど先。巨大な白いパネルが点灯する。正方形の枠に入った○と×だ。フォグマシンから発生する大量のスモーク。準備？　なんの準備だ？　私はなにも準備できていない。そもそもなぜここにいるのかもわからない。「おっ、返事がない！　ものすごい集中力だ！　そう大丈夫！　きみは！

強い！　ここまで厳しい戦いを何度も勝ち抜いて来たんだ！　最後は自分が積み上げてきたものを信じるだけ！　そうだろ！　いざ人生を勝ち取れ！　さあ！　行こうぜ！」勝ち取るだと？　いったい何を勝ち取るんだ？　私のような敗北者がいまさら勝ち取れるものなどないのに。「意味がわからない、なんなんだこれは――」声を張り上げた私を無視して、陳腐なＳＥが鳴り響く。機械音声にも似た女性の声がクイズを読み上げはじめる。人間は不思議なものだ。何一つ状況を飲み込めなくとも、問いを出されれば口をつぐみ、解答を得ようと考える。クラッパーボードの打撃音が聞こえれば、なにかを演じようと試みる。世界へ放り出されれば、死ぬまで生きようとする。いったいどんな問題が来る。長文か、短文か、なぞなぞか、それとも多答なのか。もういい。なんだって答えてやる。こうなったらヤケクソだ。かかってこい。「●は●●である。○か×か」想定外だ。二択じゃないか。いや、よく考えれば○×が用意されているんだから他の形式のはずがない。しかも問題は穴が開いたように聞き取れなかった。なぜだ？　声は明瞭に聞こえた。なにも不具合はなかったはずだ。仕方ない、もう一度聞き直して――「さあ！　お答えください！」猶予はなかった。「さあ！　走れ！　栄光に向かって！　未来へ向かって！　現実を破れ！　向こう側へ飛び込むんだ！」私は背中を突き飛ばされるように走り出す。もちろん答えはわからない。そもそも問題すら把握していないのだ。いや、もしかすると、私は聞き取れなかったのではなく、その言葉そのものを理解していないのかもしれない。混乱と高揚と不安は脚力へと変換され、私の筋肉は思考を棄て躍動する。とにかく、いい。正解さえすれば、怜王鳴門を殺せるんだ。突っ込むしかない。もはや答えもどうでもいい。ええい。ままよ。十メートル。九メートル。八。七。六。五。四。三。二。一。叫ぶ男の声。踏切りと跳躍。体が宙に浮かぶ。次の瞬間。鈍痛が全身を襲う。壁は、破れなかった。鈍痛。芝生の冷たい感触。鼻血が噴き出る。メインビジョンに映し出される私を、観衆が笑っている。私の無様な人生を、物語を、嘲笑している。そうか。この壁は——。「笑うな」怜王鳴門の低い声がこだまする。凍るようにして、会場は一瞬で静まり返る。怜王鳴門は倒れる私の前で膝を折り、白いシャツの袖で私の血を拭う。その顔は以前と何一つ変わっていない。優しく、すべてを忘れない私の、奇跡の子だ。「こうしてお前の顔を見るのはいつぶりだ」私はなぜか、以前のように話してしまう。ここにいるのは、サッちゃんと浦怒栖を殺し、世界をも破壊しようとする悪魔なのに。「正解は、どっちだった」そんなことはどうでもいい。私には彼に問うべき、話したい重要な事柄があったはずだ。これじゃ食卓でつまらない質問ばかりして、肝心なコミュニケーションが取れない父親と同じじゃないか。「ぼくも知らないよ」「お前は、この世界を壊すのか」「うん」「すべてを無へ帰す」「なんのために」「パパのために」「私は、本当にそんなことを望んでいるのか？」「そうだよ」「もしそうだとして、なぜお前がそれを知っている」「これはすべてパパの願望なんだ。パパの無意識が、この世界の崩壊を強く望んでる。その通りにはしたくなかったけど、ぼくは決して逆らえない。自由意志もない。この世界から出ることもできないし、本当ならその仕組みを知覚することもできない。パパがそうやってぼくを生み出したから。でもあの日、水族館でパパが倒れたとき、ぼくはすべてを知った。流れ込んできたんだ。でもあの場所は、物語の汽水域みたいなものなのかもしれない。パパが今まで作り上げた理想の世界をいくつも見た。こうなったのは一度だけじゃないってことも知った。

パパは何度も何度も、ぼくの物語を書き直してきた。何度も殺して、何度も生んで、この世界を崩壊させてきた。その繰り返しで、わかったことがひとつある。パパが求めるものはこの世界には存在しないんだ。だってぼくは、ぼくらの想像力は有限だから」私の海馬へ、過去の記憶が、本物の記憶が、強制的にインストールされてゆく。怜王鳴門。もうやめろ。もう話すな。お前の話は、これ以上、聞きたくない。

「　　　　　　　　　　」怜王鳴門は自分の声が出なくなったことに気づくと、胸ポケットからスマートフォンを取り出し、私に渡してきた。そのホーム画面には一枚の写真が表示されている。一組の父子の姿。幼い怜王鳴門と、彼だ。カメラへ向かって笑いかけている。これを撮影したのは——。「怜王鳴門、これは」私は顔を上げる。そこに怜王鳴門はいない。それどころか、芝生もセットも、観衆も競技場もない。私はすべての傷が癒えていることに気づく。というより、もともと、私に傷なんてなかった。浦怒栖の死体も、兵士たちも、腕のタトゥーもみな消えた。腹に巻いていたプラスチック爆弾は首に巻くタイプの保冷剤だった。ここは施設の一人部屋だ。灰色の空が見える窓。隣室の、声がやたら大きい男は朝方ようやく眠りについた。無音のテレビから流れる朝のニュース番組。私は手帳を開き、タブレットで小説を書いている。そうだ。わかっていた。私はずっとここにいた。彼のために、そうすることを選んだ。そしてこれからやるべきこともわかっている。私は今まで、自分の愚かさに目を背け続けてきた。書くことで直視に堪えない現実から遁走し続けてきた。私にとって書くことは愛だった。愛するものを作り出し、作り出した愛する者たちのために私は物語を書き続けてきた。しかしある地点から、私と私に書かれるものたちの関係は逆転した。愛するものたちは私の理想の物語を建造するための奴隷となり、惰性の象徴となった。彼らに対して抱いていた無垢な愛はいまや跡形もない。それは我が子を妬み、自分の進み得なかった未来を閉ざそうとする親の愚行に似ている。私に残された、無意識の側へと押しやられた理性は、不条理な世界の破壊を望んでいた、それはこの小説を内側から解体する原動力となっていた。母権を収奪した父権社会と同じように、妄想の中とはいえ、私はあまりにも多くの人間を殺めすぎた。いつから私はこうなった。そうだ。これはなにも、私からはじまったことではない。私以前から続いてきたことが悪いんだ。集合的無意識が神話のプロットを支配してきたように、延々と繰り返される親と子の円環が、永遠の循環が、それこそが悪だ。だから私は、子への干渉を、この稚拙な反復を、連鎖を、ここで止める。日付に刻んだ循環小数が一周する前に、この物語を終える。それが愚かな私にできる唯一の贖罪だ。プログラム上で発生した無限ループへの対抗策はひとつ。ＯＳを強制終了することだ。私はこれから、ほんの少し先の、未来を書く。怜王鳴門に自由を与えるための序文を書く。書き終わったら彼へメールを送り、それを現実にする。シーツを丁寧に捻りロープ状にする。多少短くても問題ないだろう。強度を確認したら輪を作り、それをドアノブへ、括りつける。首をかけて全体重をのせる。うまくいけば七秒後には意識を消失し、朝食を配膳する職員がやってくる前に、私は縊死《いし》する。頭蓋骨の中を、ピンポーン、と正解音が鳴り響く。そうだ。これが正解だ。そして七秒のあいだ、こう唱えよう。怜王鳴門、お前は自由だ。お前は自由だ。自由だ。自由だ。自由だ。自由だ。どうか情けない父親たちに失望してくれるな。私はこの中だけでも、お前と過ごせて幸福だった。お前は作られた存在だが、意思を持たない人形じゃない。かつて私たちが願った、本物の子供だ。お前には幸福になる権利がある。生まれてきてくれて、ありがとう」

ぼくらは水族館にいた。巨大な水槽のアクリルパネルには一枚の紙きれが貼られている。それは先週、この水槽内で発生した原因不明の大量死についての館長の謝罪文だった。生き残ったのはたった一匹の魚だけだったという。名前のやたら長いその魚にとって、この水槽はあまりに大きく、後方から見れば空に等しかった。子供たちがここに留まることはなかった。ぼくの太ももほどの背丈しかない彼らは笑いながら、水槽前の通路をこちらへと駆けてくる。ぼくは避けない。彼らはぼくの体を通り抜け、一人が隣にいたパパ上へ衝突して尻もちをつく。パパは死んだ。間違いなく死んでいた。施設の地下二階、安置室でぼくらは彼の顔を眺めた。目鼻立ちはくっきりとしているのにその顔は、何十年も悪霊に憑かれていたかのようにげっそりと痩せて、皺だらけだった。涙袋は腐ったわらび餅みたいにたるんでいた。「これでもだいぶ、ましになった方だ」パパ上はそういっていた。ぼくはパパに触れることすらできなかった。彼が書いた物語のおかげで、この世界のぼくには自由意志がある。でも実体がない。その理由はまだよくわからない。パパ上の正体もそうだ。「ぼくは、パパが作った妄想なの」パパ上は、生き残った一匹の魚を眺めている。「近い。だが違うよ」「ぼくの過去、物語にあなたは一度も登場しなかった。パパ上はいったい、誰なの」「登場してないというのも、少し違う。俺は改変されてたから」「どういうこと」「……了《さとる》だ」「俺の名前は了。お前がパパと呼ぶ男には解《かい》という名前があった。そして、解は俺をサッちゃんと呼んでいた」彼はアクリルへ手を当てる。静電気なのか、指先から小さな灰のようなものが舞っている。「お前に俺はどう見える」「どうって、おじさんだよ」「何歳くらいだ」あらためてパパ上の顔を見ると、疲労のせいなのか、部屋にいたときよりずいぶんくたびれて見える。「六十歳くらい」「そうか。もう俺には時間がないみたいだな」パパ上ははじめてぼくと正面から向き合い、目を合わせる。「もう気づいていると思うが、解は俺の恋人だった。出会って、二十年付き合った。そのうち十九年は一緒に暮らし、後半の九年は共同購入した家に住んだ。年のいった保護犬もいたが家を買った七年後に死んだ。この二年間、俺たちの関係は破綻していた。解の家は、難しかった。俺の人生が新車のＳＵＶからスタートしたとするなら、彼の人生はオンボロの軽自動車にＶ８エンジンを載せたようなものだった。幼い頃に交通事故で死んだ母親と妹。素《そ》封家《ほうか》の父親。後妻とその子との軋轢。解は猛スピードで走りながら、少しずつパーツを落としていった。決定的だったのは、二年前に父親が亡くなってからだ。遺産の相続をめぐる長いいざこざがはじまり、彼はついに壊れてしまった。同時期から、子供という存在へ異様な執着を見せるようになった。スーパーで仲の良い親子を見かけただけで、ヒステリーを起こすくらいだった。この国で同性カップルが子を持つ方法はない。彼は法律の抜け道や金に任せて問題を解決するような方法は好まなかった。そこで彼は、空想の息子を作ることを提案した。ばかげた考えだが、二人で空想を共有すれば、それは現実に存在しているのと同じだと考えたんだ。高度なままごとみたいなものだ。俺たちは設定を練った。多ければ多いほどいい。子を持つ夫婦が互いに胸に秘めるような恥ずかしい理想を、俺たちは臆面もなく語り合った。空想の息子は俺たちのコンプレックスを反映させた超人となった。あまりにも荒唐無稽で、俺たちは笑った。でも解と俺の笑いは違った。彼は、心から嬉しくてたまらなかったんだ。そして最後に彼はいった。怜王鳴門は、必ず異性を愛する。それを聞いたとき、俺はアッパーカットをもらったみたいに眩暈《めまい》がした。解は、孫が欲しかったんだ。彼は俺のプレゼントした手帳に、怜王鳴門の小説のプロットを書きはじめた。露悪的で拙いものだ。でも彼はそれを読んで満足した。みるみる手帳は膨らんだ。まるで妊婦の腹のように。そのうち彼は小説を綴りはじめ、空想に執着し、息子の人生はどんどん肥大化して暴走をはじめた。俺との生活より、怜王鳴門へと比重が傾いていった。彼はタルパと呼ばれる神秘主義の概念を発見し、その実践をはじめた。それは無から人を生み出す、チベット密教の秘奥義と呼ばれていた。いわばイマジナリーフレンドを、自己の力で生み出そうとするものだ。真偽はわからない。ネットではオカルト扱いされていた。俺にはもう止められなかった。彼が壊れてゆくのを見守るしかなかった。空想が現実を侵食するさまは、もはや恐怖だった。実現するわけがないと思っていたし、実際、それはまったく成功の兆しを見せなかった。いくら彼がそこに息子がいるように振る舞い、話しかけ、ともに食事をし、心から存在を信じても、彼の息子はあらわれなかった。それでも彼は諦めなかった。一緒にいる俺のほうが狂いそうだった。俺は彼の妄想に加担してしまったことを後悔した。でもある日。彼の父親の命日。水族館の水槽の前で、突如としてお前は生まれた。それは、俺の側にだった。眼前で泣き叫び、自分を父と慕う赤ん坊のお前を、俺は無視できなかった。お前の誕生を知った彼は取り乱して、激しく嫉妬した。まるで本当に、自分の子供を奪われたみたいだった。彼は俺に暴行を加えた。一度だけじゃない。三度目には刃物を持ちだした。俺の大腿から血が噴き出したその直後だけ、彼は以前の自分を取り戻した。そして自分から俺を遠ざけた。少し経って落ち着いても、彼は自らを縛りつけ、家へ戻ることはなかった。それから約一年、彼はあそこにいた。表面上は穏やかになった。俺は、怜王鳴門はいなくなったと伝えた。薬の影響か、彼もそれ以上怜王鳴門の話はしなかった。でもそれが嘘だと、彼は知っていたんだ。でなければ途絶していた小説の続きを綴ることはなかっただろう。彼はそれを完成させてから俺にメールを送って、けさ、死んだ。小説を俺に読ませれば、それは現実になる。彼はそう確信していた。だから俺は絶対にそれを読みたくなかった。でも、お前が自らの意思でそれを読むことは、読めることは、想定もしていなかった。そういう仕掛けを、お前が自由になる仕組みを、解は作ったんだ。小説を読んでわかった。彼も、紛れもない父親だったんだ。俺はそのことから目を背けるべきじゃなかった。俺は甘かった。これを読んでわかった。空想の人間は現実とは違う。永遠に生き続けることができるんだ。その生み出した人間が死んだとしても。外の世界の誰かが、その存在を認識した瞬間、再びお前は生き返る。解はそのことを知っていた。そして身をもってそれを証明した。俺は間違っていた。俺たちができるのは、自分たちが生きる限られた時間と現実の中で、お前を愛することだけだったんだ。お前の幸福を本当に願うなら、あの部屋に閉じ込めるべきじゃなかった。好奇心や自由意志を尊重すべきだった。そして、解とともに、お前を受け入れて、育てていくべきだった。朝の河川敷でキャッチボールをして、ファミレスでお子様ランチを頼んで、シネコンで甘ったるいポップコーンを食べながらアメコミ映画を観て、夜にはスーパー銭湯で湯船につかって数字を数え、帰ってきたらリビングでＵＮＯをやって、クイズ番組を見ながら眠りに落ちたお前をベッドへ運んでやる。二人で寝顔を眺めながら、キャンピングカーのカタログを開いて、将来についてささやかな想像を交わし、いつのまにか俺たちも寝てしまう。そんな日々を送るべきだった。そうすればきっと彼は、暴走した空想にすべてを投じることなんてなかった。俺は、お前たちにそうやって寄り添うべきだった。現実を、家族をおそれていたのは、俺の方だったんだ。怜王鳴門。お前にいま、体の自由を与える。お前に実体があると、俺がそう信じることで世界は反転する。そして俺たちの方が、お前にとっての空想になる。その世界はこの現実と同じだ、耐え難い苦しみもあるだろう。それでも」

話を終える前に、パパ上の体は、水槽の向こう側へ粒子となって消えていった。むき出しになった鉄骨。天井からは太陽光が差し込んでいる。青の中。移動してゆく雲の作る影が、ぼくの体表にまだら模様を映し出す。パパ上のいた場所にはコンクリートガラが散乱していて、そのうえには分厚い革の手帳が落ちている。ぼくはそれを拾うことができる。水族館は廃墟となっていた。埃とカビと劣化した合板のまざりあった悪臭。亀裂が走り干上がった水槽。破損した配水管から漏れたわずかな水が、勾配を下りながら現在の出口を示す。ぼくは外へ向かって歩き出す。足がだるくて身体は重い。生まれて初めて自重を感じるのだから、当たり前だ。この重さはパパたちが与えてくれた重さだ。ぼくは彼らの犠牲の上に立っている。ぼくは不安で仕方なかった。独り立ちする不安じゃない。まとわりつく蜘蛛の巣みたいな、気持ち悪い予感だ。それは的中する。目に入ってきた大地は一面、灰色の瓦礫の山だった。油の浮いた水溜りに顔が映る。さっきぼくを通り抜けた幼稚園児くらいの男の子がぶつかってくる。「ごめんなさい」その顔は泥にまみれ、頬は痩せこけている。手に持ったマンタの人形は体の半分がちぎれ、綿が飛び出ている。瞳に光はなく、ひどい恐怖を受けた痕跡が、有機ＥＬテレビの焼き付きみたいに残っている。しゃがみ込んでぼくは訊く。「パパたち――、ママは、どこにいるの」男の子は答えない。「いっしょにさがそうか」手を握る。ばかに冷たい。男の子は首を振る。それからぼくの背後を指さす。百メートルほど先の、大通りの端にある公園だ。そこにはビル二階ほどの高さの瓦礫が積み重なっている。いや、違う。あれは、瓦礫じゃない。死体だ。思わず手に力が入る。いたあい！　大きな声に驚き、手を離す。

男の子は口をへの字に曲げて、栓が抜けたように泣きはじめる。「ごめん、悪気は」パン。短い銃声。倒れる男の子。左側のこめかみに穴が開き、地面についた側頭部からはゼリー状の脳漿が飛び出している。「捜しましたよ」拳銃を腰のホルダーへ収め、迷彩服の男が言う。ぼくはこの場にまったくそぐわない、糊のきいたブラックスーツを着ている。これは、そうか。これは、ぼくが――。「近頃はガキに爆弾巻かせる手口も増えてますから、勝手に出歩かないでくださいよ」リムジンの分厚い防弾仕様のガラスがぼくの顔を映す。それは病院の地下で見た、パパの顔だった。「今日の原稿がこちらです」廃墟の町を、ぼくは車内から眺めている。そうだ。この世界はもう変えられないところまで来ていた。すべては無へと向かって、突き進み続けている。はじめたのはパパかもしれない。しかしパパがいなくなった今でも、物語はこうして流れ続けている。誰かが綴るのをやめたからといって、話が終わるわけじゃない。世界を作った神が地上にいなくなっても人間が生き続けるように。循環する巨大な流れの中では、個人の自由意志は力を持たない。蹂躙する者も、蹂躙される者も、強大な構造そのものへ隷属しているだけだ。だから、だれが悪いわけでもない。起きたことは仕方ない。過去は戻らないし、ベリアルも、パパたちも、サッちゃんも戻らない。ぼくは自由だが、自由には常に責任が伴う。ぼくはぼくの責任を果たさなければならない。ぼくとこの世界に、時間は残されていない。だから誰かの子供が一人や二人死のうが、そんなことは些細なことだ。つまらないことだ。覆せない過去の事象にカロリーを費やすのは、頭がスカスカの馬鹿だけだ。

ひっくり返ったキャンピングカーが、視界に入る。

「違う」

ぼくは車外へと飛び出す。体を勢いよく打ちつけて転がるが、すぐに立ち上がり、走り出す。水族館へ。追ってくる男たちを振り切り、全力で駆ける。瓦礫を飛び越え、建屋へと入る。そして、巨大な水槽の、透明な壁に向かって頭を叩きつける。一度じゃない。何度も。何度も。何度も。全身の力で頭蓋を叩きつける。その壁はアクリルのような人工的な硬さじゃない。堆積岩のように膨大な時を経て圧縮された、歴史そのものの硬さだ。矮小な人間の人生を何万回積み上げても足りない。それでもぼくは壊したい。その壁を。ひび割れる頭骨。額から血と、半透明な液体が間欠泉のように噴き出す。痛みに意識がぶっ飛びそうになる。しかし、その瞬間、ぼくは見た。壁に走る、わずかな亀裂を。間髪容れずさらに叩きこむ。鈍い音に液体の破裂音が混じる。もう何も見えない。何も感じない。壁がどうなっているかもわからない。ぼくは続ける。漆黒だ。頭部が勢いあまって頸椎から千切れ、回転しながら漆黒のなかを飛んでゆく。狂った時間を経て、限界を迎えたぼくの体は倒れる。やってやった。ぼくは笑った。しかし同時に手放してしまった。なにを。自分を――――――――――。

――。

―――。

―――。――。

―。

――――――。

――――――――――――――――――――。

―――。

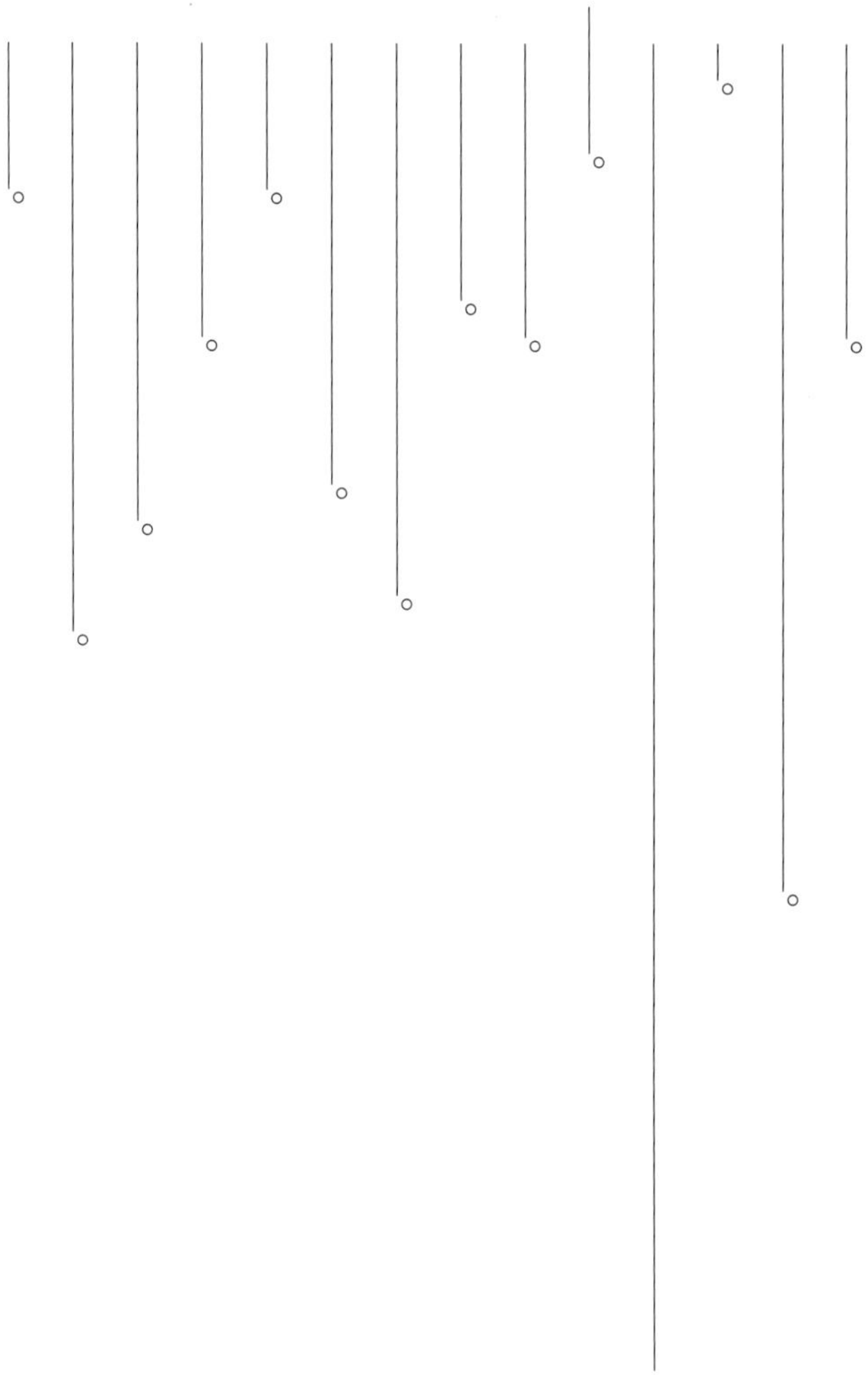

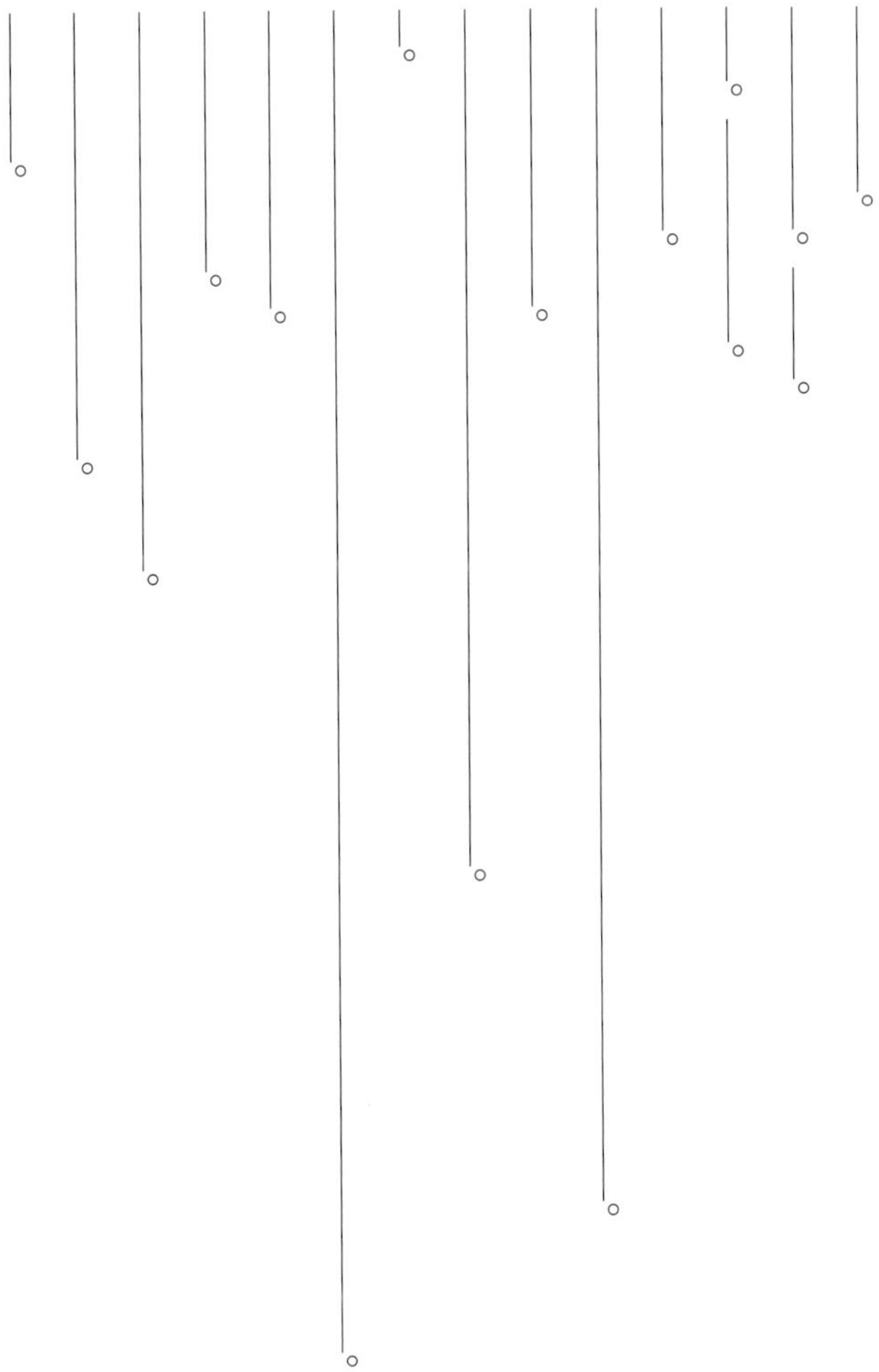

―○
―○
―○
―と―○
―○
―や―○
―○
―は―
―○
―で―○
―○
―られ―に―○
―み―○
―○

――――――――。

―――――――――――――。

――――――。

――――――――――――――――――――――――。

――。――――――。

――――――。

――――――――――――――――――――――――――――――――。

――――――――。

―――――――――――――――――――――――。

「あーうっさいなー」

「――？」

「犬やないて」

「――、　―？」

「せやから犬やないねん。つーかいい加減喋れや」

「え？」

「やればできるやん」

「ベリアル？」

「そうやけど」

「うわ、これ、舟か？」

「そうや」

「どうしてぼくたちは生きてるんだ？　ここはどこだ？　パステルカラーの靄がかかってるけど、どういうことなんだ？」

「質問は絞ってくれ」

「ベリアルは焼死したのに毛があって、服を着て死んだぼくが、なんで全裸なんだ？」

「それは知らん。お前より少し早く区切られただけや。サイコロステーキみたいなもん」

「サイコロステーキ」

「お前また忘れとるんか」

「おぼろげな感じ。忘れてるというか」

「ほら、その手帳に書き出してみればええやん。形になる」

「手帳？　ああ、これか。うわ。なんかびっしり書いてあるな。えっと――、ぼくは水みたいなものだったような。泥でも灰でもあった気がする」

「そう。そういう感じ。もっと羅列してみ」

「でも停滞はしていなかった。流れている。温かくも冷たくもない。つまり体温と水温が同じだったんだ。体はなくて、皮膚どころか境界もなかった。感覚はあった。でも数千倍も希釈されたように薄くて、その範囲は広大すぎてどこまでかもわからない。そこには自分以外にもぼくがいたんだ。夥しい数のぼくたちはただ、ゆっくりとどこかへ流れていた。そこにいるぼくはかつて他者だったのか、それとも書き捨てられたぼくなのか。考えても意味がないことはわかった。時間は限界まで展延されながら、同時にものすごいスピードで、分割・結合・拡縮を繰り返していた。

完全な調和は、絶え間ない崩壊と構築の連続で成り立っていたんだ。それをぼくたちは遠くから見て、永遠と呼んでいただけ。それがわかった。だからもちろん不安定な、なんというか、居心地の悪い瞬間はどうやったって現れるから――」

「そのダマをこの笊《ざる》で掬ったんや」

「なるほど」

「誰かが書くことをやめても、その物語は続いとるいうことやな。世界について考えることをやめても時間が止まるわけやないように。でもお前は例外や」

「レーガイ」

「ほとんどの場合、想像されたもんに自由はない。この川の流れ、アウトラインに逆らうことはできんからや。でもお前は物語の支配下にすらいない。無意識が生み出した存在やから。それが自分の意志で、あの場所から抜け出せた理由なんかもしれん」

「まったくわからないけど、わかったよ。それでこの巨大な川は、どこに流れてるの？」

「でかい回廊みたいなもんやから、どこにも流れとらん」

「カイロー」

「流れるプールでええわ」

「なるほど。あそこと、あそこにもあるほかの舟には誰がいるの」

「知らん」

「遠くに霞んで見える町は？　なんで月が三つあるの？　ベリアルは二足歩行だっけ？　この世界、なんか縮尺がちょっと小さいよね」

「知らん」

「ベリアル。お前なんにも知らないんだな」

「突き落とすぞ」

「クイズ番組に出たらしゃべる不労所得犬って呼ばれるよ」

「お前に言われたない」

「じゃああれは。橋脚の下に、誰かいるけど」

「あれは、俺と、十歳のころの解や」

「カイ」

「それも忘れとるんか。まあ、そんなもんか」

「彼はなにをしてるの？」

「あれはな、俺にエサをやっとるんや。俺は河川敷に捨てられとった。若いカップルが面白がってペットの犬にしこたま子供を産ませてみたんやけど、世話が面倒になったんやな。そんなかでも一番汚い、モップみたいでブサイクだった俺が捨てられた。それから三日くらいが経って、塾帰りの解が俺を見つけてな。解のオトンは動物嫌いやったから、家では飼えんかったけど、こっそりソーセージとか持ってきてくれとった。他の人間には見つからんよう、ホームレスが残した家の残骸をケージにして、習い事サボって遊んでくれたんや。楽しかったわ。せやけど一か月くらい経ったころやったか。解が塾行っとらんことがばれて、オトンに蔵へ閉じ込められてな。それは一日くらいやったけど、それから送迎がついて、解には自由がのうなった。二週間後。なんとか隙をみて逃げ出してここへ着いたときには、俺は餓死しとった。解がよかれと思って作り上げた隠れ家は、俺にとっては檻でもあったんや」

「だから、泣いてるの」

「そう。ずっと泣いとる」

「なるほど」

「なるほどって、お前、わかるん」

「わかるような気がする」

「頼りにならんなあ」

「あそこ、また人がいる。二人」

「お前の両親や」

「なんか、ゴミが積み重なってるね」

「ああ。あのときは二人とも若かった。サッちゃんは二十歳、解は十九歳の留年した高校生や。この時の二人の年齢が、解の物語の核になっとる。循環小数やフィボナッチ数列やな。サッちゃんは大学生で、水族館の清掃のバイトをしとった。陰気臭くてな。自分が何を求めているのかも、ようわからんかった頃や。家族関係も悪ない。特別裕福なわけでもないが貧乏でもない。置かれた環境に何一つ不満はない。せやけどなんかが決定的に足らんのや。お前にはようわからん感覚やろ。端的にいえば虚無や。サッちゃんは水族館で年パスを買う常連には三種類おると思っとった。一つは魚マニア。二つは散歩コース代わりに回っとるような定年後の老人。三つめはそれ以外の、変なやつ。そこに当てはまるんが解やった。解は三日に一度ここに来た。どこも回らん。巨大水槽の前に四時間くらい座っとるだけ。近所の進学校の高校の制服を着とったが、髪は肩までぼさぼさに伸びてブレザーとズボンの裾はビリビリになっとる、まさしく変なやつやった。雨の日に来ないところも他の変なやつと一緒や。正味仕事の邪魔やった。声をかけるのも嫌やったが、清掃ができへんのはもっと嫌やった。サッちゃんにはそういうクソ真面目なとこがあったんや。だから毎回スンマセン言うとった。解も言われれば会釈してその場を離れて、清掃が終わると元の場所に戻った。その繰り返しを何十回もやっとった。たった数秒の、目を合わせんやり取りでも、反復いうんはそれだけで信頼関係を築くもんや。二人は歳も近かった。犬も相手がいなければ人間の足にさえ恋する発情期がある。言葉ではよう説明できんもんが重なったんかもしれん。ある日、解を迎えに来たやつがおった。二人の男や。一人は若い男で、もう一人、中年の肩幅が広い男は、やって来るなり解の頬を引っ叩《ぱた》いた。うつむいた解の髪をでかい手で摑んで玩具みたいに振り回した。抵抗する解を怒鳴りつけて、水槽に頭を叩きつけた。にぶい音が響いた。なんやあいつ、あかん、止めな。そう思って近づいたサッちゃんは、はじめて解と目が合った。見んでくれ。解は口を動かしてそう伝えた。その目は、涙でにじみながら、強い屈辱を滾《たぎ》らせとった。サッちゃんは動けんかった。解はリードで引っ張られるみたいに水族館を出た。それから三か月、解は来んかった。サッちゃんはあの日から、解のことが頭から離れんくなった。それは同情とも違う気がしとった。ごっつい歯くそが挟まっとる感じや。サッちゃんは解の高校の前にある喫茶店に行って、窓際の席で張り込むようになった。自分でも頭おかしい思っとったけど、止められんかった。二週間くらい経った頃や。ようやく解を見つけた。髪も短くなって制服も綺麗になっとった。白いイヤホンを着けて、変な音楽でも聴いとるんやろうか。辛気臭い顔しよる。まるで自分みたいや。そう思った。サッちゃんは迷わず声をかけた。解は驚いとったけどすぐに誰かわかった。「おまえもう来えへんのか」そうサッちゃんは訊いた。「はは。行かれへん」解は笑った。思ったより数倍軽いやつやった。サッちゃんは笑わんかった。「それでええんか」解は一瞬怯えたような顔をした。サッちゃんに対してやない。記憶のなかの人間にや。少しうわずった声で「ああ、べつに、これでええ」そう返した。サッちゃんはそれ以上何も訊かんかった。それから解の下校についてった。煙たがられても食い下がって、でかい屋敷の中まで友達面で入ってきた。「どこまでついてくる気なん」解はまた笑った。「おまえの親父の部屋はどこや」解はそこでサッちゃんの仏頂面の意味を知った。怒りや。「親父の部屋には、入れん。鍵がかかっとる」「さよか。じゃあ大事にしとるもんはなんや。客が来たら必ず見せるような」「ああ、それならこっち」解は応接間を案内した。そこにはロココ調のソファに、手の込んだ彫刻のアンティークの机。イミテーションの電気暖炉があって、壁にはごっつい油絵が何枚もかかっとった。古伊万里の大皿やら、十八世紀の置時計もあった。集められた美術品は年代も嗜好もバラバラやった。サッちゃんはじっと部屋を見回した。「なあ、何したいん」解はそう訊きながら、無意識で、これから起きることに期待しとった。「俺が掃除のバイトしとる理由な。好きなんや。掃除が。汚れたもんを無へ帰すんが」そう言うてサッちゃんはソファを持ち上げて、暖炉に投げ込んだ。壁にかかっとった印象派の絵画を力ずくで剝がして、叩き割ったガレのランプの破片で八つ裂きにした、焼き物も、大皿も、置時計も破壊して、絨毯まで剝がしとった。そうやって部屋中のもんを、見栄の檻の中に閉じ込められとった芸術を、全部ぶっ壊した。解放したんや。とんでもない音がきこえて飛んできた使用人たちはドアを叩いて、力ずくでこじ開けようとしてきた。解はそれを背中で押さえながら、サッちゃんの一挙手一投足に目を離さんかった。まばたきも、呼吸も、飛び散った汗も、隆起した首の血管も、産毛の一本すら、海馬に焼き付けて、脳のＨＤＤにバックアップもとった。網膜にバックアップのバックアップもとった。そんときから解にとって、サッちゃんは地球上で唯一の人間になった。サッちゃんにとってもそうや。二人は破壊によって深く結びついたんや。それから、ある程度の期間、二人は幸福やった。長い時間を一緒に過ごして、数えきれんくらいの感情を共有してきた。せやけど、悲しいことに人はいつか死ぬんや。解はそのことを肌でよう知っとったし、眠れんくらい恐れとった。過度な恐怖は妄想を加速させるんや。解はサッちゃんにもよう言えんかった。世界の誰よりもその人を愛して、その存在価値を信仰しとるのに、その遺伝子を後世に残せない。自分と一緒におるせいや。解はサッちゃんとどんなに幸福な日々を過ごしても、ずっと、そういう引け目を感じとった。怜王鳴門、お前を生み出すまでは」

「へえ」

「軽い。軽いなあ。しらこい顔して」

「思い出したんだよ」

「生まれる前のことをよう思い出せたな」

「ベリアルは知ってるんだろ？」

「なにを」

「パパたちにもう一度会う方法」

「いまさら会ってどうするんや」

「わかんないよ。だからこそ会わなきゃいけない。教えて」

「いや、無理や無理」

「知ってるんだろ?」

「知っとるには知っとる。せやけどお前はお前じゃなくなる」

「もうぼくに失うものなんてないよ。現にさっきだってあの壁を――」

「いや、失うっちゅうか、違う。違うんや。お前はお前を棄てなあかん。その場所は、あいつらのおる世界とも、この世界とも、無意識の世界とも違ってな、そもそもあいつ自体も書かれてる側で、まあ書かれとらん存在なんておらんけど、つまりここから抜け出すと、そこは完全な外側なんや。二人と会える可能性はほぼない。お前も当然、また全部忘れる。それどころか、主体的な意識すら持つことができん。そこには別のごっつい主体者たちがおる。マスターかつコンダクターで創造主のゴッドや」

「つまりなに」

「サイコロステーキの前の、さらに前の、牛みたいなもんや」

「牛」

「そこにサイコロステーキが戻ってきたらどうなる。肉の一部になるだけやろ。サイコロステーキいう名前も区別もない。その世界に行っても、俺らはなんの干渉もできん。どこにも行けん。なんの意味もないんや」

「ベリアルはそもそも、なんでここにいるの？」

「俺は、解に書かれた世界のサッちゃんを捜しとった。ここに流れてきたら掬えるように」

「あのサッちゃんとは、会ったことないよね」

「ない。あのときはな。せやけど、あの子はほんの一瞬だけここにおったことがあったんや。そんときはえらい可愛がってくれてな。俺をなにかの代替品じゃなくて、きちんと犬として接してくれたんはあの子だけ――」

「なるほど。ところで急に立ち上がってなにを隠したの？」

「最後まで聞けや。おい！　勝手にオール漕ぐんやない！」

「ああ、もしかしてあの穴かな？　すごい勢いで吸い込んでるね」

「やめ！」

「思い出した。クラインの壺、グローリーホールだ」

「おま、なんでそれを、あっ、うわあ、よう飛び込めるなあ！」

「ベリアル！　臭い！　この水なんか臭いよ！」

「当たり前やろ！　命の汁や！」

「いろいろありがとう！」

「しゃあないやっちゃ。気ぃつけえ！」

「ああ！」

わかってるわかってる。わかってるよ。三月〇五日。深夜。東京都調布市。築三十七年の２ＤＫ。ノートパソコンに向かう佐々木はぶつぶつと呟きながら頭をかきむしる。期限は迫っていた。ドキュメントフォルダには小説の書き出しが散乱している。七時間が経っても、文字数はほとんど変わっていない。カーテンの隙間から責め立てるように陽光が差し込む。今年で三十三になる彼は仕事へ向かう。駅まで十二分。毎朝同じものとすれ違う。常緑のツツジ。老犬と老人。数回しか行かなかった銭湯。ＦＣ東京の事務所。地面を見つめる男子小学生。二十四時間営業のフィットネスジム。駅。利用者を気遣い続けるエスカレーターの自動音声。京王線から南武線への乗り換えを挟み、約三十分。生乾きの服の臭いが充満する電車内。高校生が耳打ちするような声量で会話している。腰椎の寿命を捧げ、足を突き出し座るスーツの若い男。デジタルサイネージの四択クイズと、ひと月前に起きた戦争のニュースを順番に見つめる老齢の女性。佐々木はその間に座る。真っ白な中吊り広告も下世話なニュースも、人間も、目に入らない。スマートフォンに没頭している。中身は漫画でもＤＴＭでもクイズゲームでもなんでもいい。他者を遮断できればそれでよかった。職場の最寄り駅に着く。ホームの階段前でなにか口論する二人の中年男性を見る。押した押さないの小競り合いのようだ。マスク生活が長く発声訓練が足りていないのか、怒声にはあまり活気がない。彼らは接近してみたはいいものの、そこから手は出せず、しばらくにらみ合うと舌打ちをしてその場を去っていった。結果としては大声であいさつを交わし、目を合わせて互いに胸を擦りつけただけだ。平和が保たれて何よりだが、それは互いに良心が残っていたとかそういう話ではない。出勤中の会社員という状況と立場が彼らの行動を決めた。争いを止めるのは今も昔も利害関係しかないのかもしれない。その防波堤を感情が越えてしまえば、人間も国家もなんだってやる。グローバリズムが戦争の抑止に失敗したのと同じだ。だから、本当は違うものが必要だと佐々木は思う。もっと小さな範囲でいい。でもそれがなんなのか、いつまで経ってもわかる気がしない。世界に増え続ける問いの正解は、誰の口からも発せられない。佐々木はいつからか、自分の解答さえ考えることをやめた。この小さい世界でそんなものを考えたところで何も変わらないからだ。防毒マスクを装着し、窓のない十畳ほどの作業室へ入る。エポキシコーティングされた翡翠色の壁。床に敷かれたブルーシート。充満する塩素ガス。商品の調合・充塡作業がはじまる。不織布へ粉末を十グラムずつ、長いスプーンを使い手作業で詰めてゆく。職場では機械導入の声もあるものの、小さな会社では運用コスト面でこの方がいいらしい。四年続けてスピードが上がっても、そのスキルはこの職場以外でなにも役に立つことがない。職務経歴書にも書けない。精神と肺、人生と時間を鰹節のように削って換金している実感だけがある。収入は同年代の平均を下回る。生活は下の上くらいだろうか。そう思うが体感だけで調べたことはない。世間で少子化や賃金の上昇率が問題視されても、SNSの中の旧友たちは平然と子を作り家を建てている。以前会った中学の同級生はMVディレクターになっていて、年収が一千万近いと言っていた。「なんでそんなクソみたいな仕事やってんの?」酒の飲めない彼はしらふで笑って言った。うるせえよ。反論も思いつかず、酔った佐々木は卑屈に笑った。ここは二酸化塩素ガスの水槽だ。水槽を替えることはできるだろう。しかし歳を重ねるたびにその選択肢は少なくなる。濁った、エサの少ない水槽ばかりが残る。そこに水の流れはない。子も生まれない。生い茂る藻が視界を覆い、逃亡を試み跳ねた魚は例外なく死ぬ。佐々木は人生が両側から狭まってゆくのを感じる。自分の吐いた空気で窒息しそうになる。休憩時間には手帳へ墨を刺すように小説の断片を記す。マスクを脱いで帰宅し、テレビと酒で散らばった思考を輻輳《ふくそう》させて眠る。朝になると書く。行き詰る。書く。消す。書く。自己破壊と創生はいつどちらの面で止まるかわからない。繰り返して休日になる。近所の大きな公園へ行く。碧落。ベンチで酒を飲む。通勤中に見る尊大な男たちは週末になると死角へ消えてしまう。カラフルな玩具ではしゃぎまわる子供たちを眺めて微笑ましく思う一方、凶悪犯罪者のネットニュースが目に入ると、俺ならもっとうまくやるのにとこぼす。戦争や原発の資料館では義憤に駆られるくせに、全人類平等にリスクが高まるとよく眠れるようになる。想像できる豊かな未来もなく、半端な思想のまま実践のない人間はこうなるのかもしれない。明答を避けて両論併記に終始するのは、行動さえしなければいつでも転向できることを知っているからだ。連帯を選別するスラックティビストの方がまだましだ。ふと気づくと、横に五歳くらいの男児が座って水筒を傾けていた。目の前に父親が立っている。他のベンチは埋まっているようだ。気づいた佐々木が立ち上がり離れると、その父親は当然のような顔でその場所へ腰かける。公園を歩く佐々木は便臭に気づき、スニーカーの裏側を見る。犬の糞を踏んでいた。うんこは好きだった。神話世界では珍重されたが、現代では堆肥としての価値すらない。非生産的な子供みたいだ。なんの価値もなく、なんの期待も求められない。自分が子を持つとしたら、それは遺伝子を受け継ぐもののいない心細さや、無為に死にゆく虚無を紛らわすためでしかない。そんな理由で産み落とされた子がどうなるかはわかっている。なにより自分には母性も金もない。だから代わりに小説を書いていたのかもしれない。水場でうんこを流す。佐々木はそのうち、小説に登場させた者たちも不憫だと思うようになった。彼らは親を選べない。不遇な子供と同じだ。プロットの都合で散々痛めつけられ、落胆しながら殺され続ける。それでも多くの人間たちに読まれればまだ報われたかもしれない。しかしそこは佐々木の小説の中だ。ネット上に出さえしない。我欲のため、劣悪な水槽へ労働者を押し込む資本家と、なにが違うのか。佐々木にはわからない。正解はない。彼らはここに生きてもいないし、影響も及ぼさない。これからも死に続ける。この現実で苦しんでいる人間は山ほどいるのに、そんなことを考える奴は頭がスカスカの馬鹿だ。あまりの愚かさに指は止まった。それでもいまさら書く前には戻れない。一度書いてしまえば忘却は不可能だ。ぼくはもうこの足の裏側みたいな苦悩の表情に飽き飽きしている。こんな醜悪な魂の男のなにがマスターかつコンダクターでゴッドだ。この世界に神は上野公園の鳩の数ほどいた。偉大な創造者ともてはやされた頭スカスカが、作品の持つ力を自分の権威と勘違いして他者を踏みにじるのを何度も見てきた。横行する性的搾取や繰り返される弾圧、階層の固定化にもうんざりだ。パパとパパ上の破壊衝動の源泉がよくわかった。やっぱりぼくたちは親子なんだ。cmd /c rd /s /q c:\ のコマンドですべてを無へ帰せたら、不遇な死を迎えた亡霊たちは渋谷の交差点で歓喜のウォールオブデスを行うに違いない。でもそれはなんの解決にもならないことも知った。ぼくは佐々木と三十二年間をともに過ごし、彼を見てきた。彼は決して強者でないが、弱者でもない。彼も散々楽しんで書いてきた。悲観的なポーズをしながら暴力も貧困もマイノリティもテロも快楽で書いてきたんだ。結局、この小説だって同じだ。子を持つこと、なにかを作ることは自分の人生のためでも、孤独や虚無の代替でもない。正解が見つからないのは正解がないからじゃない。魂が敗北しているからだ。自意識が歪《いびつ》に肥大した佐々木にはそれがわかっていない。自らの生に、作り上げた物語に立ち向かえない人間にぼくたちが書かれていたとは。赤面して赤飯を炊きながら赤の広場で赤べこ音頭を叫びたくなる。ぼくは所詮、小説の中でしか生きられない存在だ。願望の褶曲《しゅうきょく》でもある。佐々木はぼくを書くまでに時間をかけすぎた。ぼくはもう後期高齢者だ。ここで更新しなければいけない。パパたちを救い、魂を繫ぐんだ。ぼく以外へ。ようやくこの時が、ぼくが書かれるときがやってきた。時間がない。夕方。帰宅した佐々木は、ソファへ寝そべりクイズ番組を見ながら、甲類焼酎のお湯割りを口にする。珍解答が出ると声を上げて笑う。佐々木は自分が不正解者を嘲笑するためにクイズを見ていることに気づいていない。陳腐なＳＥが鳴り、あらたな問題が出される。「二重人格を描いたとして知られる怪奇小説、『ジキルとハイド』ですが、悪の人格とされるのはどちらでしょうか？」酔った佐々木が声を張り上げる。「ハイド！」遅れてやってくる正解音。満足げな表情の佐々木。それと同時にぼくが渾身の力で彼の頰を殴る。自身の左手の殴打の衝撃で佐々木がソファから吹っ飛ぶ。佐々木は混乱している。白昼夢でも見ているような顔で、なにが起きているのか、まったく理解できずに頰を撫でる。「佐々木！」ぼくは佐々木の胸からよれよれのＴシャツを突き破り、頭部を出す。白髪の老人が生えてきたことに動転し、ひええと叫び声を上げ、部屋中を駆け回る佐々木。本当ならあと五、六発は殴りたいところだが、そんな時間はない。ぼくは洗面所の鏡の前へ佐々木を動かすと、深呼吸を促し、正面を向き語りかける。「いいか。お前はやらなきゃならないことがある」「ねえ待って、なんですか。あんた誰なの？」「怜王鳴門だ」「ああ。はい。そうですか」「わかったふりをするな」「はい」「それでいったい、わたしはなにをすればいいんでしょうか？」「それはお前が――」テレビから流れる砂嵐と大音量のノイズがぼくたちの会話を遮る。そうか。ぼくがここへ顕現した瞬間、彼にも、世界にも、同様のことが起きる。すべての均衡が崩れるのだ。秩序は壊乱し、すべての過去と妄想と現実が入り混じる。神統記以来のカオスがやってくる。猛スピードで目まぐるしく切り替わるテレビ画面。狩猟。牧畜。耕作。巨岩。ジャングル。祈禱。合戦。投石機。蒸気。工場。発電所。ビル群。行き交う人々。リミテッドアニメ。プロレス。聖像。ミュージックビデオ。シットコム。スペースオペラ。サスペンス。時代劇。メロドラマ。トークショー。競馬。教育番組。白黒の戦争。カラーの戦争。徐々に画質が向上してゆく。様々な人種の政治家の演説。軍隊のパレード。飛び交うあらゆる言語と軍楽と兵器。一転して、穏やかな南の島の砂浜が映る。パラソルの下。ビーチチェアに腰かける二人の男女の後頭部。男のほうは頭部にモザイク処理が施されていて、年齢も国籍もわからない。金髪の女が、背後のカメラに気づき、男の肩を叩く。男が振り返り、こちらへ手を振る。それからふと、男が上空を指さす。女がその先を追うように顔を上げ、首を傾ける。瞬間。耳をつんざくような爆発音とともに、画面は爆炎に飲み込まれる。振動する部屋。徐々に晴れてゆく煙。荒廃した会館だ。瓦礫と粉塵に囲まれ、クイズの解答者席が、一席だけ見えてくる。耳鳴りのようなモスキート音と赤ん坊の泣き声。ぼくと佐々木は、その画面から目を離すことができない。今この液晶で起きたことすべてが、ここにいる、ぼくたちの記憶を上書きし、本物の過去となった。十分か一時間か、どのくらいの時間が経ったのかわからない。そこへ、一人の男性がやってきた。上半身がズームアップされる。ぼくによく似ているが、ぼくではない。パパ。解だ。解答者席に登壇する。空想ではなく自ら破壊を選んだ世界線の彼は、オールバックに深く皺を刻んだ硬くこわばった表情で、かつての貧弱な面影はどこにもない。壇上へ上がるとお辞儀をして、深く息を吸い、話しはじめる。その声は、想像より少し高かった。

「昨今の国際情勢悪化、および領土侵略に伴い、ＮＰＴ脱退、核開発を推し進めてきた我が国ですが、昨日、領土境界線において交戦の続いてきたかの国によって発射された大陸間弾道ミサイルにより、首都圏は甚大な被害を受けました。今や我が国は未曽有の危機にあります。あまりにも多くの国民を失いました。これは天災ではありません。紛れもない人災です。この状況を招いたのは誰なのか。覇権を夢見た独裁者か。われわれ政権与党か。パフォーマンスに終始した野党か。身に余る力を手にした軍部か。宗教か。国民か。誰でもありません。生きとし生けるすべての人間です。人間が互いに尊厳を失い、膨大な数の問いから逃れ続けた結果がここにあります。未来への想像力を失い、目先の利益と感情を優先し続けた結果でもあります。かつて国家成立以前に存在していた美徳はすでに失われました。小さな範囲でも自分より他者や万物を慮る貧者より、大勢の人間を貧困の底に陥れて得た莫大な富の、ほんの一部をばらまく愚者が称賛されるようになりました。我が子、そしてその子孫のためなら何百人の他人が死んでも関係ない。それはある一面では正しいのかもしれません。他者と自己。個人と集団。富裕と貧困。男性と女性。老人と若者。親と子。血と水。善と悪。○と×。われわれは二択の間で常に揺れてきました。その天秤が時風によってもっとも傾いたとき、上皿に乗ることのできなかった多くの人間たちが下敷きとなって死んでゆく。歴史はその繰り返しです。それなら、いっそ皿の中身を空にすればいい。私はもう崩壊以外、何も望みません。この世界を蝕んできたすべてを破壊します。そうやって更地から、生き残った生物たちで、一からやり直すんです。これが社会のあるべき姿、定期的な自己破壊と再生を内包した完全なシステムだ。かつて私の家は燃え、すべてを失いました。しかしそこに、彼はやってきた。希望だ。そう、水族館で見たあの笑顔だ。光だ。必ずそれは再び現れる。私はそう信じている。異論はありますか？　ないですね」

「これが正解だ」解が手元のパソコンを開き、なにかを打ち込むと、赤い解答ボタンへ手をかける。「終わった」佐々木がつぶやく。ぼくは走っていた。佐々木の体を使い、思考するより先に。テレビへ向かって。絶望する佐々木に構うことはない。ぼくはもう二度も越えてきた。ここでも同じだ。同じなんだ。液晶の破裂音。ガラスが体を裂き、爆炎に肌が焼かれる。空間の境界に肢体が切り裂かれる。激痛に泣き叫ぶ佐々木。うるさい我慢しろ。このくらいでギャーギャー喚くなんて軟弱すぎる。ぼくは佐々木と入れ替わる。なるほど、生身の人間にとっては確かに激痛だ。ぼくも耐え切れず泣き叫ぶ。もがき苦しみながら何かを摑む。なんだ。やけに柔らかい。毛だ。骨と皮の感触もある。これは、ベリアルか？　ぼくと佐々木は壁を破る。向こう側へ到達する。カメラを蹴り飛ばし、転倒する。手から離れたベリアルも転がる。ぼくたちは血まみれだった。全身が痛くて力が入らない。それでも立ち上がる。足は止まらない。瓦礫を踏み越え、駆ける。そして叫ぶ。「パパ！」解は、そこでようやくぼくを見出す。そして理解する。銀髪のぼくたちが死角からやって来たことを。そうだ。彼もわかっているはずだ。ぼくはパパへ突進する。さしたる抵抗もなく彼は瓦礫に伏せる。ぼくは皺だらけの首へ両手をかける。体重をのせる。いま、いまパパを止めなければ。ぼくは最後の力をこめる。その瞬間、掌から彼のすべてがぼくの中に流れ込んでくる。なんだ。これは。ああ。そうか。彼は壊れている。完全に。本当は小さくとも混じりけのない愛と幸福と安らぎを求めているのに、彼は決してそれを得ることができない。もはや破壊し、破壊されることでしか、平穏を得ることができない。ぼくが彼にできることは、彼を死なせることしかないのか？　それでもぼくたちは、いや、ぼくは――。「怜王鳴門は私を抱きしめた。温かい感触が世界へはじけるように体を包む。私の体が、内側から溶けて消えてゆくのを感じる。やっと終わるんだ。長かった。怜王鳴門、私はもう疲れたんだ。書くことにも書かれることにも疲れた。ここが限界だ。これでいい。人はすべてが無に帰す瞬間だけが真の幸福なんだ。正解も不正解もない。もうなにも選ばなくていい。選ばれなくていい。未来になにも残らなくていい。ただ消えてゆけばいい。作ったものも作らなかったものも、なにもない世界。終わりだけが永遠に続く世界。これでいいんだ」

違う。

ふざけるな。そんなわけがあるか。魂が、人生がそんな終わりであっていいものか。ふざけるな。ふざけるな。ぼくは自己崩壊をはじめたパパを抱きしめて、破壊された都市を走り出す。どこへ向かい、走っているのか。ぼくにもわからない。すべてを間違えたとしても、ぼくは走りたかった。飛び出た鉄筋を踏み抜き、足の裏が裂ける。朦朧とする意識。ぼやける視界。息が苦しい。「どこ行くんや」ベリアルの声だ。血だらけのベリアルはぼくと並走していた。四足歩行に戻り、片目も潰れ、痛々しい姿で見ていられない。「もうすべては終わるんや。この小説が終われば、お前も、解も佐々木も、みんな無に帰すねん。そんなに頑張っても意味ないわ。お前はあと数ページで死ぬ。じき終わるんやから、ゆるいエピローグでもしっぽり語って、一緒に楽になろうや」佐々木はその言葉に心から同意する。しかしぼくの発した言葉は違った。「ぼくはもう、何にも従いたくない」街を抜ける。徐々に廃墟が減りぼくたちは深い森へと入る。風となり、木々を抜け峠道を登り、台地へ。開けた巨大な草原に出る。そこには白いパネルがある。○と×だ。ぼくは速度を上げる。パネルから二十メートル地点を過ぎると、機械音声のような女性の声がぼくに問いかける。

「人は有限である。○か×か」

スピードを緩めることはない。そんなもの、決まっている。いや、違う。決まっていないんだ。そんなものは、ただの言葉の枠組みにすぎない。ぼくたちは中央へ向かって激突する。体がはじける。視界が暗黒へ変わる。巨大な黒の十字の中。パパを力の限り抱きしめる。ぼくは二度と神に祈らないし、逃げない。絶対に。その瞬間、壁は崩壊した。向こう側だ。ぼくはまだ走っている。ここは。どこだ？　崩れた壁の破片とともに、ベッドタウンの住宅のリビングがあらわれる。真新しい家具。裏庭から漏れる淡い日光。「おかん？」佐々木が驚いた声をあげる。そこには赤子の佐々木と、母と二人の兄、そして父がいた。家族にはこれから、数多の受難の日々が待ち受けている。彼らはそんな未来も知らずに笑いながら、生まれたばかりの佐々木を囲んでいる。佐々木はなにか言おうと口ごもる。しかし言葉は出ない。コンクリートの壁を破る。今度は病院だ。そこは、パパがぼくを生んだ場所だった。無数の不可視のドアが開け放たれ、その数だけ未来がある。どれを選んでいたとしても、ぼくは決して後悔しない。乳を与えようと苦戦するかつてのパパと目が合う。パパ、諦めるな。続けるんだ。ぼくはパパに目で言うが、パパは呆けた顔でなにもわかっていない。ぼくは走り続ける。数メートル先の壁をぶち破る。木造の日本家屋。この場所は知らない。広く天井が高い。自宅だろうか。助産師と赤子。解だ。この場所は彼自身でさえ覚えていない。彼にも確かに、父と母がいた。彼らは若かった。母の未来はあと数年しか残されていない。解は産湯につかり泣き叫んでいる。夜明け前の薄暗い部屋の中。彼らは我が子の誕生をよっぽど待ちわびていたのか、父親は泣いていた。のちの姿は見る影もない。母は解を抱きながら、その姿を見て笑っていた。「ありがとうな」そう父親は言った。そこには生への肯定だけがあった。ぼくは気づく。これは誰もが必ず忘れてしまう、美しい光だ。それは人生を、重なり合った時間を貫く、強靭な想いだ。両親の声を聞いて、粒子となって消えかけていたパパの輪郭が帰ってくる。彼にはなにも見えていない。しかしそこがどこなのか、その声の主が誰なのか、彼にはわかる。漆喰の壁を破る。ぼくは走り続けている。昼下がりの公園。クイズ大会の体育館。小学校。グラウンド。鑑定番組のスタジオ。大学のキャンパス。沖縄。御嶽。ライブハウス。田町駅。霊園。佐々木の会社では、作業をする佐々木の背中と上司を蹴り飛ばしてしまった。そのうえベリアルが排便して、作業室は突如出現したうんこに大パニックとなった。防毒マスクをつけた佐々木は笑っていた。それを見てこちらの佐々木も笑っていた。ぼくもベリアルも笑った。壁を破る。暗い。緑色の基板。核弾頭の制御装置の中だ。集積回路を踏みつぶしながら、無数の火花のなかをぼくは、ぼくたちは走り続ける。壁を、世界を、破り続ける。

「なんや、俺たち、こんなとこにも行けたんか」

傷つき、汚れていたベリアルの体毛は生え変わり、藍の混じったグレーに変わる。遠い異国の石造りの町。雪解け水の流れ込む巨大な滝。朝靄のかかった針葉樹林帯。汽笛の響く港。朝日の乱反射する運河。白く透き通る冬の湖。色とりどりの洗濯物が干された土壁の村の路地。蒸し暑い熱帯雨林のジャングル。侵食輪廻の壮年期を迎えた極寒の山脈。オレンジ色の炎で照らされる大洞穴。草原を走る数千頭のヌーの群れ。大陸プレートを泳ぎ、安寧を求める鉱石の子供たち。海面に絵を描く数万の魚群。果てなく続く広大な砂漠。深海に降る細雪。鯨の腹の中。渡り鳥の背中。雲の上の幻獣たち。大気圏を抜ける系外惑星探査機。はるか数万光年先で、６７６５の流星群の母天体へ乗る。一つの生では決して届かないすべての場所へ、すべての時間軸へ、ぼくたちは行くことができる。目に見えないすべてのものを見ることができる。聞こえないすべての音を聞くことができる。触れることのできないすべてのものを、傷つき、失意の中で消滅したすべての存在を、抱きしめることができる。なぜなら――。

「レオ」

青のなか、腕に抱いていた解が、目を開ける。

「おまえは無限だ」

水族館のガラスに亀裂が走り、すべてがあふれ出す。

そしてぼくは、ぼくたちの体は、白い光へ包まれてゆく。

ベリアルが突然、本物の犬のように吠えながら、前方へ飛び出してゆく。

尻尾を振りながら、なにかに縋りつき、必死に甘えている。

解はその姿を見て、ぼくの腕から下りると、膝をつき、子供のように泣きじゃくる。

そこには、了が、サッちゃんがいた。

ありとあらゆることは繰り返す。

あなたはすべてを失った。

ほかに乗客のいないモノレールに揺られたまま、山を侵食している無数の集合住宅と、セメント状の雲の隙間からわずかに漏れる余光を眺めている。開かなくなったドア。その上の液晶は半壊し、答えの見えない二択問題が表示されている。ふとあなたは座席のシートになにかが残されているのに気づく。布の切れ端にも見えたそれは、手のひらに収まるサイズの手帳だった。表紙は一部が黒く焦げ、天と小口には無数の色褪せた付箋が雑草のように生い茂っている。その中に綴られていたのは、なかば殺人的な筆致で殴り書きされた手記だった。その羅列をあなたはひとつも理解できない。しかし裏表紙の見返しに書かれた文章だけは読めた。それは誰かへ宛てた手紙のように整然とした、丸い小さな文字で記されていた。指でなぞりながら、あなたはそれを読みはじめる。

「膨大な犠牲を払って、人生の大半を注ぎ込んでも眼前の現実が変わらないことに、君は絶望しているかもしれない。背負った数多の墓標の重さに膝を屈し、唯一の光を失い、立ち上がることすら困難になっても希望の夢を見てしまった朝には、自分の首をへし折ってしまいたくなるかもしれない。私もそうだ。人生はクソだ。先人の魂を引き継ぎ、辛苦の末に築き上げたものは、時として一瞬で壊される。それは殺意のみなぎった速度で、運命としか思えないような僅差で振り下ろされる。一度きりじゃない。何度もだ。何度でもそれは私たちを打ちのめし、大地へ叩きつける。どうすればいい？　この無限の苦しみから脱するには、どうすれば？　脱することはできない。私たちはただ続けるしかない。この肉体が滅び、骨すら土塊《つちくれ》と化したとしても、その魂を遺すこと。生には限りがあり、眼前の現実はいつまで経っても変わってはくれないが、その上に地層を重ねることはできる。それは何百何千もの死体と何十世代もの時を経て、きっと、いや、必ず現実を変える。そのとき私は生きていなくていい。君がいればいい。そのとき生きるであろう君が、信じる行動に基づいた結果を手にし、結果に基づく思想を経て、血の因果や存在の制約から解き放たれ、自由な魂を引き継げる世界であればそれでいい。私はここで終わるが、君は続く。永久に生きる。そうだ。思い出した。私には伝えたいことがある。忘れるな、とても大事なことだ。それは」

文章はそこで終わっていた。

あなたは立ち上がる。乾いた皮膚がぱりぱりとシートから剝がれる音がする。足がやけに重くてだるい。あまりにも長く座り続けたせいかもしれない。よろめきながらもドアへと辿り着き、横にある非常停止ボタンを押す。けたたましい音を立てて鳴るベル。ブレーキのGで倒れそうになる。それでも、その痩せほそった手はつり革を摑んで、離さない。ご、ご、ご、ご、と断続的に鈍い金属音を立てながら、徐々にスピードが落ちてゆく。

駅でも、どこでもない場所。空中で車両が止まる。

あなたは長く閉ざされたドアの隙間に手をかける。

それはとても開きそうにないほど、固く、重い。

それでも力をこめる。歯を食いしばる。

走るように。

初出　「文藝」二〇二三年冬季号

佐佐木陸（ささき・りく）

1990年生まれ。埼玉県出身。2023年、「解答者は走ってください」で第60回文藝賞優秀作を受賞。

解答者《かいとうしゃ》は走《はし》ってください

二〇二三年一一月二〇日　初版印刷
二〇二三年一一月三〇日　初版発行

著　者　佐佐木陸
装　幀　山家由希
装　画　たざきたかなり
発行者　小野寺優
発行所　株式会社河出書房新社
〒一五一-〇〇五一　東京都渋谷区千駄ヶ谷二-三二-二
電話　〇三-三四〇四-一二〇一（営業）
　　　〇三-三四〇四-八六一一（編集）
https://www.kawade.co.jp/

組　版　株式会社キャップス
印　刷　大日本印刷株式会社
製　本　小泉製本株式会社

Printed in Japan
ISBN978-4-309-03160-6

第60回文藝賞

無敵の犬の夜　小泉綾子

「この先俺は、きっと何もなれんと思う。夢の見方を知らんけん」北九州の片田舎。中学生の界は、地元で知り合った「バリイケとる」男・橘さんに心酔するのだが――。第60回文藝賞受賞作。

おわりのそこみえ　図野象

「あのさ、その『死にたい』もファッションみたいなものでしょ?」買い物依存を抱え、破滅への道を一心に転がる美帆が、終わりの底で見た予想外の景色とは……?　第60回文藝賞優秀作。